死にたいって
誰かに話したかった

南綾子

双葉文庫

死にたいって誰かに話したかった

♥

「おはようございます！」

いつもより明るく、はっきりと、事務センターの隅から隅まで声が届くように挨拶して、呉田奈月《くれたなつき》はぺこっと大げさにお辞儀をした。すでに座席について始業準備をしていた何人かが振り返り、奈月を見て驚いた顔になった。正面から歩いてきたチーフの渋谷《しぶたに》さんも、「わあっ」と声をあげた。

「かわいい！　さっすが呉田さん！　あなたなら何かやってくれると思ってたけど、予想の斜め上をいったわ。サンタかトナカイならともかく、まさかツリーとは。これ、自分で買ったの？」

「そうです！　ドンキでそろえました」

先月の朝礼で、今年のクリスマスイブはコロナ禍で沈みがちなムードを盛り上げるために、コスプレ出社を推奨する、とセンター長が発表した。以来、事務センターの面々から「呉田さんなら何かやってくれるんでしょ？」「おもしろい格好してきてよ」などと毎日のように声をかけられ、奈月は期待に応えようとここ数日かけて必死で準備した。ドン・キホーテでこのクリスマスツリー型の着ぐるみを見つけた瞬間、これならみんな喜んでくれるはず、と胸が高鳴った。

「渋谷さん、見てください。タイツも茶色のものをわざわざ探して買ったんです。木の幹を表現してます。それと、後ろにくっつけてある星のオーナメント、わかります？これなんと、段ボールとアルミホイル使って自分で作ったんですよ」

奈月はおどけてその場でテトテト回った。再び渋谷さんと向き直ったとき、彼女の笑顔が少しひきつっているように見えた、なぜか。

……アレ？？

「じゃ、じゃあ、今日の朝礼の挨拶は、ツリーさんにやってもらうわね」

渋谷さんは早口でそう言うと、そそくさとその場を離れていった。奈月は一旦自席に荷物を置き、いつものように同僚たちにお菓子を配ってまわりはじめる。一人一人ときちんと目をあわせながら「おはよう」と声をかけ、うまい棒とアルフォートを渡す。奈月の姿を見て笑ってくれたり褒めてくれたりする人もいれば、ノーコメントの人、わざと顔をふせてこちらを見ない人もいる。

いろいろな考えの人がいるのだから、いちいち気にしてはいけない。

奈月のほかにコスプレをしている人は、ちらほらといた。といっても、もともと病院に置いてあるサンタの帽子やトナカイの角のカチューシャをつけている程度で、自分で衣装を用意した人はいないようだった。

と、思っていたら、一人いた。受付・会計チームの簾田さんだ。サンタ風の赤いミニワンピースを着て、頭には大きなリボンもつけている。同じようなものをドン・キホーテで奈月も見つけたが、自分の貧相な顔と体型にはどう考えても似合わないので、手に取りもしなかった。奈月はお菓子を持って簾田さんに近づき、「おはようございます！」と声をかけた。

「わあ、すごい、ツリー！」と簾田さんは胸の前で手をぱちぱち合わせた。大きな瞳がきらきらと輝く、今日も。「どこで買ったの、そんなの」

「ドンキです。簾田さんは？」

「あ、これは……」とちらっと背後を振り返る。「センター長が着てくれって。自分で用意したわけじゃないの」

「すごく似合ってるわよ」近くにいたベテランパートの響子さんが言った。「ほんと、何着ても可愛いんだもん。脚なんかまっすぐで細くて、モデルさんみたい」

「やめてくださいよ」

はにかむ彼女を、周囲の人々がほほえましげに眺めている。奈月は何も言わずその場を離れ、自席で始業の準備をした。

やがて、朝礼がはじまった。いつも通り渋谷さんが職員達の前に立ち、今日の業務連絡を一通り済ませた後、「今日はツリーさんがいらっしゃるので、ツリーさん、最後にどうぞ一言お願いします」と奈月を呼んだ。奈月はわざとバタバタとおどけて走りながら前に出た。自分でとりつけたオーナメントがぶんぶん揺れて、体に当たる。あちこちから、くすくす笑いがもれ聞こえる。

「あと少しで今年も終わりですね。一年間、皆さまお疲れさまでした。明日からお休みの方もいらっしゃいますが、年末年始も油断せず、感染予防につとめましょう。それでは今日も一日、がんばりましょう。よろしくおねがいします！」

目の前にいる三十人近くの職員たちが、奈月にむかって「よろしくおねがいします」と口々に言い、着席した。すぐにそれぞれの業務にとりかかる。いつも通りの光景だった。誰もが疲れ切って、水死体みたいな顔をしている。

アレ……？

こんなはずじゃない。もっとみんなに笑ってもらえると、喜んでもらえると思っていた。それなのにこの反応は……。

――わたし、また、間違えたんだ。

自分に期待されていたことは、ツリーじゃなかったんだと奈月はようやく悟った。だったらなんだったんだろう？　トナカイの角をつける程度でよかったの？　でもそれならほかにもやってる人いるし、わたしにわざわざやらせる必要ある？

この失敗を取り返さなければと、焦りがこみ上げる。しかしそう思えば思うほど、その後いつも以上に空回りしていつも以上にくだらないミスを連発してしまい、いつも以上にチーム長に叱責された。つい気になって受付のほうを見ると、てきぱきと仕事をする簾田さんに、子供たちが「かわいい！」と群がっていた。

長かった午前がようやく終わり、昼休憩になる。いつも通り誰からも誘われなかったので、いつも通り一人ぼっちで食堂へ向かう。食堂のある十二階に着くと、先に手洗いに寄った。入口のところで中から「あれ何？」と聞き覚えのある声が聞こえ、奈月はとっさに立ち止まった。

「あれなんなの？　頼まれたからって、いい大人があんなの着る？　恥ずかしくないのかな？　みっともなくて見てらんなかった」

くるっと背を向け、何事もなかったように食堂に入り、ワカメ蕎麦の食券を買った。窓際の席に一人座り、尿意を我慢したまま黙々と蕎麦をすする。バカみたい、バカみたい、バカみたいと心の中で繰り返す。みんなから、期待されていたんじゃない。バカにされていただけだったんだ。少し考えればわかるはずなのに。いつも人の言葉を取り違えてしまう。胃痛がひどくなり、ワカメ蕎麦は半分以上残した。

午後、事務センターに戻ると、簾田さんは通常の制服に着替えていた。サンタの帽子やトナカイのカチューシャをつけていた人も外している。奈月だけツリーのままだった。昼休憩の間に着替えることを思いつきもしなかった自分のバカさ加減が、ほとほと嫌になった。午後は五回、ミスをしでかし、チーム長に「コスプレなんてやってる暇あるなら、いい加減仕事を覚えてくれ」といやみを言われて涙が出そうになった。

午後五時半。定時で仕事を終えると、更衣室でなく手洗いでツリーから私服に着がえた。なんとなく、人に見られたくなかった。ほかの荷物をとりに更衣室に戻りながら、すれ違う同僚達に「お疲れさまでした」と普段通りに声をかける。元気に、明るく。元気で明るい。それだけが、自分のとりえのはずだから。みんなそれなりに愛想よく「お疲れさま」と応えてくれる。しかし、一緒に帰ろうと言ってくれる人は、一人もいない。

今夜はクリスマスイブ。病院の裏口に吹く風は、ナイフの刃のように冷たかった。歩き出してすぐ、今日の衣装と小物を入れた紙袋の持ち手が全部同時にちぎれ、中身が地面にちらばった。風にとばされそうになるツリーやオーナメントやタイツを必死にかき集めながら、奈月は人生を呪った。こんなことばっかりだ。

本当に、こんなことばっかりだ。

住まいは東武東上線大山《おおやま》駅から徒歩十分のアパート、一階ワンルーム、家賃は六万三千円。左隣には深夜三時に長渕を熱唱する男が住み、右隣には週末の真昼間から大音量でアダルト動画を鑑賞する男が住んでいる。

十数年前に実家を出て以来、ずっと同じアパートで暮らしている。川口の病院で働いていたときも、柏の病院で働いていたときも、はるばる大山から通った。引っ越しは、いつか、結婚が決まったときにすることになるんだろうと思っていた。

仕事帰りは駅前の大山商店街にたくさんあるファーストフード店やファミレスのどれかに寄り、適当に夕食を済ませるのが長年の習慣だった。仕事後の胃痛がひどいときは何も食べない。しかし、ここ一年ほどは違った。どこにも寄らずにまっすぐ帰宅し、自宅で食事をとる。料理は苦手なので、冷蔵保存できる袋入りの総菜を使うことが多いが、最近、味噌汁だけは自分で作るようになった。繊維質とタンパク質、何より鉄分をたくさんとれるもの。食後はネット通販で入手した漢方やサプリメント類を手のひら山盛り分服用し、眠る前には夏でも冬でもぬるま湯にゆっくりつかって体をあたためる。

全て、妊娠するためにやっていることだった。

現在、三十六歳。年明けには三十七歳になる。妊娠のために食生活の改善を試みはじめたのは、三十四歳の秋。不妊治療についてのドキュメンタリー番組を見たのがきっかけだった。四十三歳の当事者の女性は、若い頃に過度なダイエットの経験があり、そのためか卵巣の状態が悪いと医師から指摘されていた。健康診断を受けるたびにやせすぎを注意される奈月は、それを見て得体のしれない焦りを感じた。看護師として婦人科病棟での勤務経験もあり、知識が全くなかったわけじゃない。が、それまで考えないようにしていたことが、そのとき一気に目の前に現実として迫ってきた気がした。

母親が昔、よく言っていた言葉がある——子供に恵まれなかった女の人って、本当に気の毒よ。このままでは自分もそうなってしまう。そう思うといてもたってもいられず、それからまもなくして結婚相談所に登録した。が、結果は全くふるわなかった。ただでさえ人付き合いが苦手なのに、初対面の男性と一対一でどうふるまえばいいのかわからないのだ。相談所の男性担当者の高圧的な態度にも耐えられず、誰とも真剣交際に至らないまま、三カ月たらずで退会してしまった。

見合いに限らず、他人と一緒にいるだけでとても疲れる。相手が今、自分をどう思っているのかということばかりが気になって、胃がきりきり痛み出す。職場で雑談をたくさんした日は、いつもより胃痛がひどい。それなのに、友達や恋人がほしい、簾田さんみたいにちやほやされたいという欲求を抑えられない。そこに、子供を産まないまま一人で死んでいくのかもしれないという恐怖まで覆いかぶさってきて、もうどうしたらいいのかわからなかった。毎日が息苦しくて仕方がない。

友達も恋人もいない。ずっと一人。

理由はわかるようでよくわからない。どうして誰からも愛されないのか、あなたのことが好き、と言ってもらえないのか。奈月としては常にいつ何時も、人に不愉快な思いをさせないよう、それだけには重々気をつけて生きているつもりだった。それがちっとも、報われない。

高校生のときに看護師を志すようになったのも、友達を作るためだった。親戚に医療従事者が多かったというのもあるが、人の役に立ち、人に感謝される仕事につけば、周りからよい評価をもらえ、その流れで友達や、運がよければ恋人もできたりするんじゃないかと考えたのだ。

看護大に入学してすぐ、自分の見通しの甘さに気づいた。勉強自体はそれほど大変ではなかったが、問題は実習だった。何をやってもうまくできない。うまくやろうとすればするほど、何もかも空回りした。実習のグループ仲間やペア相手に毎度さんざん迷惑をかけ、当然、友達など一人もできなかった。

教員から、向いてないのでほかの道に進んだほうがいいと百回は言われた気がする。それでもあきらめられなかったのは、看護師になりさえすれば誰か、誰か一人だけでも自分を評価し、認めてくれる人に出会えるかもしれないという切なる思いからだった。

結局、看護師として働いたのは通算約八年。人から感謝されるより、人に迷惑をかけた回数のほうが圧倒的に多い。どの病院でも先輩の看護師からはいじめのターゲットにされ、同期や後輩からは無視された。患者の生命にかかわる重大なミスもたびたび犯し、八年の間に病院は六つも変わった。最後に勤めたのは、総合病院のリハビリセンターだった。リハビリや介護関係は病棟よりも負担が少ないとよく耳にしていたので、奈月にとっては最後の砦、最後の希望だった。

が、勤務三日目にして、八十代の糖尿病患者の女性を誤って転倒させてしまった。歩行介助をしている最中、性格のきつい先輩看護師の視線が気になって、ついよそ見をしてしまったのだ。大腿骨骨折。年齢から考えて、寝たきりになるのは間違いなかった。病院からは自主退職を促された。怪我をさせた患者の家族が、奈月の解雇を強く望んでいると聞かされた。今辞めればクビにしなくて済む、と言われて辞めた。そのとき、人事課の担当者にこう言われた。

「もうこの仕事はやめてね、お願いだから。次は本当に人を死なせるよ？」

そう言われなければ、看護師の仕事をまた探していたかもしれないと奈月は思う。人を死なせる、とはっきり指摘されてはじめて、現実と向き合えた。向き合わざるをえなかった。

その後、しばらくアルバイトで食いつなぎながら、医療事務の資格をとった。病院という場所で働き続けていれば、いつか、誰かが認めて感謝してくれるかもしれないと考えたからだ。病院ほど、誰かが誰かに感謝している場所はない、と思うから。

しかし、資格をとってもう丸四年。いまだに仕事の大半がよくわからない。

誰かに感謝されたい。されたくて仕方がない。ありがとう、あなたのおかげと言われたい。それだけでいいのに、とすら思う。でも、誰も、ありがとうとは言ってくれない。

「なんか違うんだよね」

「余計なことしないで」

「自分のやるべきことわかってる？」

かけられる言葉はそんなことばかり。

「生きづらいなあ」

ベッドの中で暗い天井を見上げ、一人、小さくつぶやく。

生きづらい。ここ数年、この言葉がたびたび、口からぽろりとこぼれてくる。何にもうまくできない。人とのコミュニケーションも、仕事も、なにもかも。

この気持ちを、誰かと分かち合いたい。ずっとそう思っている。できれば友達や恋人がいいが、この際、話を聞いてくれる人なら誰でもいい気もした。誰かに自分の話を聞いてもらい、この気持ちを、生きづらい気持ちを、理解してほしくてたまらなかった。

問題は、どうやってその相手を見つけたらいいのか、皆目見当がつかないということだ。インターネットやSNSを頼ることはしたくなかった。以前、フェイスブックを通してアプローチしてきたアメリカ人男性にそそのかされ、大金を取られそうになったことがある。たまたまクレジットカードの期限が切れていたので事なきを得たが、それをきっかけに、SNSの類は全てやめてしまった。現代テクノロジーの恩恵を全く受けていない奈月からすれば、そんなものは全て破壊されてしまって、昭和の文通時代に戻ったとしても、ちっとも困らないだろう。

「……文通」
声に出して言ってみる。文通、そうだ。誰かに手紙を、出してみようか。
ガバっとベッドから起き上がる。どうせ、今夜も眠れそうにない。ちゃぶ台の前に座ると、ノートパソコンを開いた。

「生きづらさを克服しようの会」

なんとなくその名前が浮かんだ。それから、イラストも添えて好き勝手にチラシを作ってみた。グラフィックデザインは若いときからの趣味だった。雑誌デザイナーになりたいと夢見たときもあったが、自分のような人間がそんな華やかな仕事に就いても、周りから浮いてしまうだけだと考えて、すぐにあきらめた。

生きづらさ、人生のうまくいかなさ、そういったことを語り合ってみませんか。たとえ克服できなくても、語り合うことで何かが変わるかもしれません。
都合のいいときにカフェ、あるいは公園などに集まりましょう。どんな小さな悩み、どんなにつまらない苦労でも、遠慮せず語り合いたいです。連絡、待ってます。

かもしれない。

思いがけず、文章がすらすらと出てきた。ずっとひそかに考え続けていたことだから

少し迷って、最後に自分の電話番号を入力した。

と同時に、突然スマホが鳴りだした。画面を見て、思わず「うわ」と声が出る。母親からの電話だった。

いつも通り無視、切れるまで放っておく。しばらく間をおいた後、憂鬱な気持ちで残された留守電メッセージを聞いた。

「悪いけど、うちに戻って徹《とおる》の面倒みてくれる? ママ、今度結婚するから。前に話したお金持ちのインド人」

ああ、生きづらい。生きづらくて仕方がない。仕事はまともにできないし友達も恋人もいない。おまけに体はガリガリで女としての魅力ゼロ。そのうえ家族は機能不全。こんな生きづらい人生が、あと何年続くのか。

チラシは十枚プリントアウトした。翌週の月曜、病院に持っていき、いろいろなところにこっそり置いてみた。受付横のベンチ、食堂の椅子、院内コンビニの商品棚。誰か

が見つけて、連絡をくれますようにと願いながら。

初日はとくに成果なし。

二日目もなし。

そのまま、年末年始の休みに入ってしまった。

十二月二十九日の昼過ぎ、奈月はしぶしぶ北千住の実家に出向いた。玄関を一歩入って、ほのかにかおる腐敗臭にげんなりした。この臭いを若干懐かしいとすら感じてしまう自分が嫌になる。目の前の廊下が、すでにほこりとゴミまみれだった。

そのとき、家の奥から食器が激しく叩きつけられるような音がした。ハッと身構えた瞬間、リビングのドアがバタンと開き、Tシャツ姿の巨体男が突如として現れた。男は鬼にでも追いかけられているのかという勢いで、そのまま階段をどでででっと駆け上がっていった。一瞬のできごとだった。

あれこそ、紛れもなく兄。自分と血を分けた実の兄だった。

髪の毛が伸び放題で、肩の下ぐらいまであった。以前よりまたさらに太っていたし、そして信じがたいことに、下は白いブリーフ一枚だった。

帰りたい、死ぬほど帰りたい、と思う。しかし、帰るわけにはいかない。奈月はハアと深いため息を吐くと、ゴミだらけの廊下を進んだ。そして、ついさっき、兄が出てきたリビングダイニングへ続くドアをあけた。

想像通りの惨状だった。衣類や毛布や雑誌やゲーム機や食べかけの食材。ほとんど兄が散らかしたものと思われた。母が一週間程度の家出をすることは、これまでたびたびあった。そんなとき必ず奈月が呼び出されたが、ここまで散らかっていたことは一度もなかったはずだから、今回はもうずいぶん前から帰っていないのかもしれない。

母がいなくなったと気づくと、兄は自室を出て自分で食事の支度をしたり、リビングでゲームをしたりするようになる。そして、母に呼ばれた奈月がやってくるとまた、こそこそと部屋に引っ込む。あんなふうに真正面から鉢合わせることはめったにないが、たまにある。毎回、心臓がとまるかと思うほど驚く。

これから、やらなければならないこと。

この散らかった家中の片付け、そして、兄の食事の世話。

絶望した。

家事全般、奈月は昔から大の苦手だった。一人暮らしのアパートさえ、まともに片づけできていない。足の踏み場のなさでいったら、この家とほとんど変わらなかった。引っ越ししないのはそういうわけもあったのだ。

なによりも憂鬱なのは食事作りだった。兄の場合、毎食三人前を用意しなければならない。足りないと暴れることもある。

母はもう帰ってこない。今回は本気かもしれない。

兄とここで暮らしていかなければならない、ということ。

兄を、見捨てる。

その選択肢については、ここにくるまでに十分考えてきた。できるわけはない。兄がこうなってしまった責任の半分以上は、あのときの……。

忌まわしい記憶をシャットアウトするように、奈月はぎゅっと瞼を閉じた。

リビングの床に散らばった兄のゲーム機や黴《かび》臭い毛布や飲みかけのペットボトルのコーラなどを蹴散らしてスペースをつくると、そこに体育ずわりして、兄を見捨てるか、兄のために二人分の家事をこなすか、再度三十分ほど熟考した。結果、やはり見捨てるわけにはいかないと結論を下さざるを得なかった。

しかし案の定、三度の食事の支度と部屋の片づけの同時進行は、全く進まなかった。食事の支度だけでほぼ一日が終わってしまい、片づけどころか洗濯にすら手が回らない。結局、暮れにきたときと家の状態に全く変化がないまま、年末年始休暇の最終日を迎えようとしていた。

一月二日の夜、明日こそは朝八時前には起きて、片付けしようと奈月は決意をした。食事は三食ウーバーイーツでいい。今後もそうすべきだ。一人暮らしのアパートを引き払えば、家賃を食事代にまわせる。そもそも仕事がはじまったら、三食自炊なんてやれっこはないのだから。

その晩、何十年も置きっぱなしで岩石のように硬くなったリビングのソファの寝心地の悪さに苦しみながら（二階の自室は洗濯物置き場になっていて使用不可）、今後、この家で兄とウーバーイーツを食べながら生きていくということは、コツコツ続けてきた妊活をやめることでもあるのだと気づいて、奈月はふいに、悲しみに打ちひしがれた。

部屋の中はいつもより暗かった。カーテンもない窓から見える夜空は、月も星も出ていない。家の中を漂っているはずの腐敗臭にはすっかり慣れ切ってしまって、もう何も感じない。

――子供に恵まれなかった女の人って、本当に気の毒よ。

頭の中で母の声が響く。母はよく、こうも言っていた。

――なっちゃんはママに似なくてブスだから、結婚できないかもねえ。

この人生でまともなものは、何も手に入らない。友達も恋人も夫も子供も何もかも。手元にあるのはこのボロ家と引きこもりの兄と、全く向いていない仕事だけ。悲しくてたまらなかったが、涙は出なかった。漫画や映画やドラマだったら、こんなときに突然、自分を救い出してくれる誰かが現れるのだろう。その誰かは、白馬の王子様であったり、一緒に戦おうと手をとりあうシスターフッドの同志であったり、生き別れの家族（大富豪）であったり、未知の才能を引き出してくれるビジネスパートナーであったり、推せるアイドルだったり、愛くるしい犬や猫であったり。とにかく誰かが現れて、ふがいなかった人生が、思わぬ方向へ進んでいく。

でも自分の人生には、誰もきてくれない。三十六年間待って、ただの一人も現れなかった。だから、今後も絶対に現れない。断言できる。絶対に、絶対に誰もきてくれない。他の人のところにはあるかもしれない。でもわたしには、ない。奈月は何よりも自信をもって思う。ない、と。世界の果てまで、ない。王子様はわたしの前を素通りする。シスターフッドの仲間に入るには見えない足切りライン（基準は容姿、ファッションセンス、知性、そして何より、空気を読む能力）があり、わたしは早々に脱落する。たとえ生き別れの家族がいたとしても、わたし以上に貧乏であるはずだし、未知の才能なんて全身どこを探してもないし、アイドルというか芸能人の類は見ているだけで劣等感で死にたくなるので、推すどころか視界にさえ入れたくないし、犬や猫は動物アレルギーなのでそもそも飼えない。

話し相手すら、現れない。

漫画も映画もドラマも全部、誰かが誰かと助け合ったり、誰かが誰かを救い出したりする話ばかり。出会いはみんな〝ひょん〟なこと。その〝ひょん〟はどこにある。どこにもないじゃないか。悲しくなるから、奈月はもう何も見なくなってしまった。

翌日、リビングのソファで目を覚ましたとき、庭に面した窓から、どう考えても昼過ぎとしか思えない陽が差し込んでいて、絶望した。時間を確認すると案の定、午後二時過ぎ。昨晩、いろいろ考えているうちに眠れなくなり、いつしかスマホのパズルゲームに熱中していて、寝つくのが朝方になってしまったのだ。二階からドタドタと床を踏みならす音が響いていた。飯の用意はまだか、と兄が暴れているのだ。

「死にたい」

自然と、その言葉がぽろっと、ポケットをひっくり返したときに出てくる飴の包み紙みたいに、口からこぼれた。

そのとき、手に握りしめたままのスマホがぴろんと鳴った。メールの受信音だった。とりあえず一旦スマホを置いて台所に向かい、いざというときのために買っておいたカップ麺三つにお湯を注いで、兄の部屋の前に運んだ。奈月が二階にあがると同時に、ドタドタ音は消えて静かになった。リビングに戻って改めてスマホを確認する。電話番号あてのショートメールだった。

小金井正人と申します。生きづらさを克服しようの会の紙、見ました。僕も参加したいです。ご連絡お待ちしています。

顔を上げると、兄がいつ飲んだともしれないアクエリアスの二リットルのペットボトルが視界に入った。完全に腐った中身が、5分の1ほど残っている。

この人は、このみじめでふがいなく、孤独極まりない人生から助け出してくれる救世主なんだろうか。あるいは……。

翌日の終業後、病院近くのファミレス前で顔を合わせた瞬間、相手は違う誰かを期待していたのだと奈月は悟った。

「はじめまして！　呉田奈月です！」

しかし、何にも気づいていないふりをして、いつも通り元気に愛想よく挨拶した。挨拶さえきちんとしていれば、少なくとも嫌われることはないのだから。

「来ていただけて、うれしいです！　よろしくお願いしますね！」

一組の親子がこちらをちらちら見ながら店の中に入っていく。相手の男はそれを苦々しい顔つきで見送った後、「あの、はじめまして、はやめましょう」と気まずそうにささやいた。

「マッチングアプリの待ち合わせだと思われそうなんで」

「あ、すみません……」

気まずい雰囲気のまま二人で店内に入る。男は金がないのか、ドリンクバーしか注文しなかった。奈月は意味もなく、イチゴのパフェを注文した。男がドリンクを注いで戻ってくると、奈月は場の空気をなごませようと、マスクを外して笑顔を見せながら、

「なんだか緊張しますね｜」と声をかけた。

「わたし、こういうことってはじめてで……」

「あの」と男が遮ってくる。「そういう会話も、マッチングアプリっぽいのでやめましょう」

「あ……」奈月は周囲を見回した。自分達の会話を気にしてる人なんか、一人もいないのに、と思いつつ。

「あの、俺、事務センターの近くでこの紙を見つけたんですよ」と彼はそう言うと、テーブルの上に奈月が作ったチラシを出した。「可愛いデザインだから、もしかしたらあの人かな、なんて思ってたんですけど。あの、いつも髪にリボンとかつけてる女性らしい人。わかります？」

簾田さんのことだとすぐにわかった。奈月は何も答えず、曖昧に首を傾げた。

「いつも受付にいる人です。今日はピンク色のリボンつけてました。名前、なんていうんですか？　あの人」

「さ、さあ……」

「あ、思い出した。ミスタさんですかね？　みんなからそう呼ばれてるの、何回か聞いたことあります。あの人と、仲、いいんですか？」

「いえ、とくに……」

「あ、いや、どうせこういう会をやるなら、もっと人がたくさんいたほうがいいと思ったから。仲いいなら、呼んでもいいのかなって。お互いに、新しい出会いもあるかもしれないし」

「は、はあ」

「あ、でも別に、その、そういう、女性との出会いとか期待して連絡したわけじゃないんで、本当」

店内は家族連れや若者グループで賑わっていた。ジュージューと音をたてるハンバーグや熱々のドリアを前に、誰もが笑顔を輝かせている。窓の外に目を向ければ、街路樹をイルミネーションが彩っていた。冬の幸せな景色。ファミレスの一角、この窓際の一番奥まった席に座る自分たちの周囲だけ、妙に寒々しくわびしい雰囲気に包まれているように感じた。暖房の風にさえ、よけられている気がする。

奈月は改めて、男の顔を見た。

どことなく、昔の兄に似ていた。

メールで知らせてきた名前はなぜか偽名で、本当の名前は郡山《こおりやま》雄太《ゆうた》というらしい。

年齢は二十九歳。奈月と同じ病院で清掃のアルバイトをしている。身長は百六十センチほど。小太り。年齢にしてはやや、いや、かなり髪が薄い。とくに額部分の後退が著しく、それをカバーするためだろうか、後ろ髪をやや長めにしていて、それがいかんともしがたい落ち武者感を醸し出していた。服装は子供っぽいというか、お母さんに買ってきてもらった服をそのまま着ている中学生みたいだった。

この人は、もしかしたら恋人は一度もできたことがないのかもしれない、でも、と奈月は思う。友達なら一人や二人、あるいはもっとたくさんいるかもしれない。

「……そろそろ、ちゃんと話しましょうか」

ストローで蛍光グリーンの液体をぐるぐるかき回しながら、郡山雄太は言った。

「呉田さんは、どんなふうに生きづらさを感じているのですか?」

奈月は口をつぐんでいた。なかなか言葉が出てこなかった。食べたいわけでもないのに頼んだイチゴのパフェのアイスが、どんどん溶けていく。

「……あの、わたし、子供ほしくて」

ようやく出てきた言葉が、それだった。相手はぽかんとしていた。そりゃそうだ。妊活の相談をされるとは思っていなかっただろう。しかし、一言口にすると少し気が楽になった。そこから少しずつ、自分の話を、思いつくままにしていった。

現在、三十六歳であること。恋人は一人もいたことがないこと。それどころか、友達すらまともにできたことがないこと、現在は引きこもりの兄の世話にてこずっていること。

雄太は自信のなさそうな目つきでちらちら奈月を見たり、周囲を気にしたりしていた。こちらの話を聞いているのか聞いていないのかよくわからない態度で、奈月はだんだん不安になってきた。そして話が看護大時代のことに差し掛かったとき、雄太は唐突に「いや！　違いますね！」と話を遮ってきた。

「いやいや、呉田さんは全然大丈夫ですよ。何をそんなに悩むのかわからない。俺からしたら、そんなものは生きづらさじゃありません。ただ、ちょっと引っ込み思案すぎるだけじゃないですか？」

「そ、そうでしょうか……」

「そうですよ。もう少し積極的にならなきゃ。女だからって、じっと誰かの誘いを待っていていいわけじゃないんです」

「は、はあ……」

「だって、いいですか？」と雄太はテーブルに身を乗り出した。「恋人が一人もできたことないって、それって選んでるからですよね？　よく女の人でモテないアピールとか、喪女っていうんですか？　そういうアピールする人いますけど、いやいや、俺から言わせれば、そんなのは甘えっすよ。だって、例えば今夜一晩だけの相手を見つけるのだって、女は簡単ですよ。ネットで探せば一発だし、そうじゃなくても、歌舞伎町でもブラブラしてればすぐに見つかる。年とってても、熟女好きとかいますしね。男には無理ですよ。若くても無理。年とってたらもっと無理。もちろん、イケメンや金持ちは別ですよ？　イケメンや金持ちは、黙ってても女が寄ってきます。でもそれ以外の男は基本、女から無視されるんです。女は多少顔がブスだったり、まして金がなくても、選ばなければ需要は絶対にあります。ほんといいですよね。男側の困難さと全く比較にならない。本当に生きづらいのは、俺のような底辺の男達ですよ」

急に饒舌になった雄太に、奈月はただ圧倒されていた。全然、話が頭に入ってこない。

「俺はこの二十九年の人生で、女の嘘に相当傷つけられてきましたからね」雄太は腕組みをし、胸をそらして言う。「女は基本、嘘つきですよ。あ、誤解しないでください。呉田さんが嘘つきだって非難したいわけじゃないんです。嘘をつかない女性もいます。……でも、そうだな。知らず知らずのうちに男をだましていたってこと、呉田さんにもあったと思いますよ。つまるところ、ほとんどの女性がそうなんですから」

「た、例えば、どんな嘘ですか？」

「うーん。例えば、じゃあ、男に何か助けてもらったこと、一度や二度、ありますよね？」

よくわからなかった。奈月は頷きも、首をふりもしなかった。

「帰り道に送ってもらったり、仕事で困っているときに助けてもらったり、ちょっとしたプレゼントもらったり、そういうこと、一度はありますよね」

「ないです」

即答すると、相手は困惑した顔になった。が、すぐに気をとりなおした様子で「あー、そりゃ忘れてるんだ」と言った。

「男に助けられたことがない女なんて、いないはずですよ。だって、女は男より非力なわけだから。あなたが今まで無事に生きてきたってことは、何らかの形で男のサポートを受けてきたってことなわけです。でも、それがあまりにも当たり前になってるから、何かしてもらっても簡単に忘れてしまう。そういうことですよ。しかし、いいですか、男が女に何かしてあげるのは、リターンを期待してのことですよ。何も返ってこないのに、何かするはずはないんです。ボランティアじゃないんですから。女はそこをわかってないんですよ。例えば重いものを代わりにもってあげたり、バイトのシフトを交換してあげたり、帰り道怖いって言ったら送ってあげたり、誕生日に飯をおごってあげたり。それは本当は、女だから当たり前に受け取れる親切じゃない。見返りありきのものなんです。だから、男の親切を受け入れるっていうことは、見返りを求められることも受け入れるってことですよ。それなのに、さんざん親切にしたあと、距離を縮めようとちょっと近づいたら、『そんなつもりじゃなかった』『ほかに好きな人がいる』なんて平気で言い出す女がいる。嘘つきですよ。あげく『彼氏がいる』なんてことまで、悪びれもせず言いますからね」

「あー、えーっと、なるほど。そういうことですね。気持ち、わかります。お互いいい感じだなって思ってた人に彼女がいたってわかると、傷ついた気持ちになりますもん。わたしもそんな勘違いばかりです」

奈月としては、精一杯の共感を示したつもりでそう言ったのだった。しかし、相手のなんとも微妙な表情は「そういうことじゃないんだけどな」という気持ちをはっきり伝えていた。

「そういうこと……まあいいや、とにかく女はね、女であるだけで実は人生楽勝なんですよ。なんでそこに気付かないかなあ。あえて下品な言葉を使えば、二つのおっぱいとまん……」

急に雄太が口をつぐんだ。奈月の背後を気にしている。振り返ると、斜め後ろの席に、若い女の子四人のグループがいた。こちらを見て、ひそひそ笑っている。

「やばくない？」と女の子のうちの一人が、奈月と同じイチゴのパフェをつつきながら言った。

「聞いた？　おっぱいだって。やば」

「お見合いカップルっぽくない？　さっき、『緊張しますね』とか言ってたよ。ファミレスで婚活？　しかも下ネタ？　やばやばやばやば！」

キャキャキャキャ！　とひときわ大きな笑い声があがる。雄太の顔を見る。氷水だけになったグラスの中身をすすっている。なんでもないような表情で。

その顔を見ているうちに、奈月の意識はふいに、高校時代まで飛んでいく。

平均的な偏差値の、普通科の学校だった。駅前の商店街の甘いみたらし団子の匂いと、校門までの急坂に植わっているツツジのショッキングピンクを、今でも鮮明に思い出せる。

小学校三年生のときに、父親の仕事の都合で青森県から都内に引っ越してきた。なまりがダサい、という理由ですぐにいじめられるようになった。あまりにいじめがつらいので、中学は地元の公立ではなく私立にいかせてほしいと母親に土下座して頼んだが、認められなかった。幸いなことに、中学ではたいしていじめられなかった。が、友達は一人もできなかった。

だから高校で、人生を変えたかった。死んでもいいから友達を作りたい、と本気で思った。

そのためには、愛想よく元気で、親しみやすいキャラを作らなければならない。根暗で無口な人間が、好かれるはずはないのだから。

入学式の日、教室に一歩入った瞬間、「おはよう！」と大きな声で言った。その場にいたほぼ全員がぎょっとした顔で振り返ったが、何人かの女子が恐る恐る「おはよう」と返してくれた。何人かの男子は笑っていた。が、男なんかどうでもよかった。奈月は彼女たちに両手で手を振りながら「よろしくね〜」と近づいていき、「緊張するよね」「どこからきてるの？」「バッグかわいい！」などと、積極的に話しかけた。そのようにして、入学式がはじまるまでのたった十数分の間に、クラスの女子全員と話し、名前とニックネームも完璧に覚えた。自分のことは「なっきって呼んでね」と伝えた。さも昔からのニックネームのように言ったが、一度も誰からも呼ばれたことはなく、春休みの間に一人で何日もかけて考えた。

出だしはパーフェクトだと思った。それから三日間、奈月は明らかにクラスの中心人物だった。二十人近くいた女子生徒の中で、同じ中学からきた者同士は皆無で、誰もが手探り状態で気の合う友人を見つけようとしていた。その中で、すでにほぼ全員と仲良く会話をできるようになっていた奈月は、みんなの仲介役のような立場になっていた。

奈月はいつも、元気よく挨拶をした。その際、相手を熱くハグして、さらに頰にキスをした。自分の頰にキスを求めることもあった。

みんな、嫌がらずやってくれた。面白がってくれているように見えた。こういう特別な、誰もやっていないことをやれば、面白くて個性的な子として人気をキープできると思ったのだ。本当のところ奈月自身は、人の体に触れたり触れられたりするのは同性相手だろうと大の苦手だった。が、無理をおしてやっていた。

「ねえ、アレ、嫌じゃない？」

ささやきが聞こえてきたのは、入学して四日目。

「わたしも嫌ー」

「わたしもわたしも！　やっぱりみんなも？　あー、ほっとした！」

「ねえ、どうする？」

「無視でいいでしょ」

キャキャキャキャ！　という楽しげな笑い声。少し離れたところで、自分を笑う声。その時点でもうすっかり聞きなれていたはずなのに、それでも数秒、呼吸の仕方がわからなくなった。

翌日の朝、陰口を言っていた女子の一人と下駄箱のところでばったり会ったとき、奈月は何にも気づいていないふりをして、「おはよう！」と言いながらハグをしようとした。

さっと、たんぽぽの綿毛のように彼女は奈月をすりぬけて、去っていった。

翌週の水曜日の昼休み、奈月はコンビニで買ったパンを持って、なんとなくいつも一緒に過ごすようになっていた六人グループのメンバーたちに近づいていった。

さっと、風に舞う落ち葉みたいに、みんな散り散りに逃げていった。

コトン。と大きな音がして我に返る。雄太が、もう何杯目かもわからないメロンソーダをテーブルに置いた音だった。

彼はそれをストローで一気に吸い込むと、言った。

「帰りましょうか」

会計は奈月がした。雄太は「自分の分は払います」も「ごちそうさま」も言わなかった。

外はこの冬一番つめたい風が吹いていた。道沿いに並ぶ桜の木の枝が、夜の景色の中で死人の腕みたいに見える。あまりの寒さのせいか、あるいは気まずさのせいか、二人とも全くの無言だった。奈月は、さっき脳裏をよぎった高校時代のことを、また思い返していた。

あのときみたいな経験を、ずっと自分は、誰かに聞いてほしかったのかもしれない。誰かが自分を笑う声。そのときの、死んでしまいそうな息苦しさ。人がさっと自分から遠ざかるときの、途方もないさみしさ。波がひいたまま、戻ってこない砂浜に立っている。そんな気持ち。あのときだけじゃない。今まで何回も何十回も繰り返してきた。三十六歳にもなって、学生時代の記憶にいつまでも縛られているのはバカみたいだと思う自分もいる。でも、話したい。聞いてほしい。人は、いつも自分から遠ざかる。そのときの、気持ち。それをただ、誰かに聞いてほしい。

すぐ横の道路を、クラクションを鳴らしながらトラックが行き過ぎる。少し先を歩く雄太の横顔が、ライトに照らし出される。さっき、ファミレスで、ふと思った。この人ももしかして、同じ気持ちを経験しているんじゃないか。

「何線ですか」

雄太がふいにそう聞いた。うつむいて、目を合わせないまま。

「えっ」

「帰りの電車。何線ですか？　小田急？　ＪＲ？」

「えっと、とりあえず東海道線で横浜に出る感じで」奈月は言った。「うち、遠くて。都内の足立区なんです」

「そっか。でも、帰る家があるだけでいいですよ。俺は今日もネカフェです」

「えっ」

「あ、そうか言ってなかったか。俺、三日前に実家追い出されて、今ネカフェで暮らしてるんすよ。ま、実家うんぬんの前に一人暮らししろって話ですけど。ハハハハ……」

駅前の交差点まできたところで、彼は立ち止まってこちらを振り返った。

「じゃ、俺はいつも通りネカフェ……」

「うちに来ませんか？」

「へっ」

「あ、ていうか、来ませんかっていうか、うちに住みませんか」

雄太は奈月を見つめたまま、ぽかんと口を開けている。二人のそばをたくさんの人がひっきりなしに通り過ぎる。誰もが、気の合う友人や愛し合う恋人、優しい家族の待つあたたかい家に帰っていくように見える。孤独なのは、もしかして自分達二人だけなんじゃないかと思える。

♣

待ち合わせ場所の新橋駅北改札前で顔を合わせてすぐ、金森純《かなもりじゅん》は「おお、お疲れ」と言いながら顔をくしゃくしゃにして笑った。

あ、と郡山雄太は思う。十年来のゲーム仲間にして唯一の親友でもあるこの男が、こうしてわざとらしいぐらい破顔するとき。それは、何か言いたいことがあるのに言えなくて、ほとほと困り果てているときにほかならない。

「あの、何？　寝坊でもしたのか？」純が聞いた。

「今は夕方だぞ。寝坊なんかするわけないだろ」雄太は憮然として答える。

「いやでも……その格好……」

純がそう言ってこちらを指さすので、雄太はゴミか何かついているのかと思い、着ているスウェットの上下を確かめた。食べこぼしのあとがあるわけでもなく、どこかほつれているわけでもない。

「なんだよ、一体」

「あの、今日ってさ」と純。「コリドー街でナンパするのが目的なんだよな」

「そうだよ」

あまりにも彼女ができないから、いっそ試しにナンパでもしてみようと二人の間で話が持ち上がったのは、一年以上前のことだ。それから感染者数が増えたり純の仕事が忙しくなったりして先延ばしにしていたが、今年に入っていろいろと落ち着いてきたので決行することにした。最初に言い出したのは純だった。マッチングアプリ活動が全くうまくいかず、なにか思い切った打開策が必要だと思ったらしい。雄太ははじめ戸惑ったが、案外悪くないかもしれない、と考えなおした。打開策が必要なのは、自分も全く同じなのだ。

「えっと……ナンパに、その格好？」

「別に汚れてないし、いいだろ。実家に帰れないから、これしか着るもんないし」

「ま、そうだよな」と純はまたくしゃくしゃの笑顔を作る。「じゃあ、まだはやいしさ、とりあえず飲みに行くか」

そう言うと、純はコリドー街とは別方向へ歩き出した。相変わらずよくわからないやつだと雄太は思った。よくわからないが、いいやつだ。とってもいいやつだ。

結局、いつも二人でよくいく安居酒屋に入った。新潟出身で酒好きの純は、普段はたこわさとか枝豆をつまみにポン酒をちびちびやるのが好きなのに、今日はなぜか生大を注文すると、あっという間に飲み干してしまった。

「そんなに飲んで平気かよ」雄太は言った。「これからナンパなんてできるの？」

「うーん。まあ、それは今度でもいいじゃん。そうだ、次は一緒に服でも買いにいく？」

「いいよ。お前みたいにマッチングアプリやるわけでもないし。どうなの？　最近のそっちの調子は」

「うん、それがさ、あんまりでさ……」

純は典型的な「いい人なんだけど……」タイプだ。優しくて紳士的。しかし、男性的な魅力に欠ける。

雄太は今まで何度も純にアドバイスした。「女はバカなんだから、少しいじめてやるぐらいでちょうどいいんだぞ」と。そしてそう言った後は、必ず激しく後悔した。俺はどの口で偉そうなことを言っているのかと。

純は自分のような、〝彼女いない歴イコール年齢〟ではない。社会人になってからはご無沙汰らしいが、大学時代には彼女と同棲していたこともある。それだけでなく、きちんと就職しているし、身長もギリだが百七十センチある。雄太から見たら、何段階もランクが上の男なのだ。

「最近知り合った人に告白して、一回はOKされたんだけど、昨日、『やっぱりなしにしたい』ってLINEがきてさ」そう言って、純は頭を抱えた。「今度こそいけると思ったんだけどなあ。理由はいつもの『男として見られない』だよ。俺が男でなかったらなんなんだよ。女に見えるのか？」

「なあ、その女と一回でもやったのか？　どうせまたメシだけおごってやってないんだろ？」

「え？　いや……」と純は言いにくそうに口をもごもごさせる。「実は、一回だけ、終電逃して……」

「へえ！　珍しい。よく頑張ったじゃん」雄太は動揺を押し隠し、早口で言った。「アプリで出会った女なんて、さっさとホテルに連れ込めよって俺が何度言っても、いつもメシだけおごって終わってたくせに。ところで、その女にもメシとかおごってたわけ？　ホテル代もお前持ち？　合計いくら使ったんだよ？」

純は少し面倒そうな顔になる。「もしかして、またコスパの話？　えーっとまあ、彼女の場合は五、六回メシおごってるし、告白するときも結構いい店いったから……十万ぐらいかな」

「十万！」と雄太は大げさに目を丸くした。「ソープより高いぞ。その女にそこまでの価値があるのか、ちゃんと考えてみろって」

「いや、だから、俺はそんなふうには……」

「いや、そうやって考えないと、女にカモられるだけだっていつも言ってるだろ？　女につぎ込んだ額割るやった回数。これが女のコスパなんだよ。十万割る一でその女のコスパ、十万。たいして美人でもない女に十万なんてさ、俺には考えられないね。一回あたりのコストは素人女なら出しても三千円だな」

「だから人間関係をそんな、金勘定だけで……」

雄太はテーブルに肘をつき、前のめりになる。「何度も言わせるな。女につぎ込んだ額割るやった回数。それで導き出されるのが女のコスパ。俺はやれる見込みのない女にメシなんか絶対おごりたくないね。逆にこっちが金も出さないのにやらせるバリュー女もお断りだけ……」

「お前の分母はいつもゼロだろ」

純が言った。聞こえるか聞こえないかの小さな声で。でも、確かに言った。聞こえた。

けれど、聞こえなかったふりをするしかなかった。

「え？　なんて？」

「いやなんでもない」

「そっか」

お前の分母はいつもゼロだろ。

みるみる胸がふさいで、視界が徐々に狭くなる。手に持っていた割りばしすら鉄のように重く感じて、投げ出してしまう。

「なあ、郡山、あの、ごめん」

純が察して、すぐに謝ってきた。しかし、沈みこんだ気分はどうにもならない。雄太はただ口をつぐんでいた。

純はしばらく雄太をなだめすかすような言葉を並べていたが、やがてあきらめると、「出よう」と言って、伝票を持って席を立った。雄太は無言のまま、後に続いた。会計はもちろん、いつも通りに純が済ませてくれた。

店を出て駅に向かって歩く間も、何も言えなかった。週末の新橋。人々がマスクをしていることを除けば、活気は以前の状態にほぼ戻りつつあるように見える。笑い声をあげながら横断歩道を渡る若い女三人組、つたのように絡み合って歩く中高年カップル、一人孤独に背をまるめて佇んでいるサラリーマン、春の東京の夜空。何か言おう。何か言わなきゃ。でも、今のこの苦しい気持ちを、表現する言葉が見つからない。俺は何が言いたいのだろう。友人に、何を伝えたいのか？　怒っているのか謝りたいのか。そもそも最初に失礼なことを言った自分が悪い。いつもそうだ、それはわかっている。ただ言葉が出てこない。ずっと黙っていた。やがて、駅についた。

「そういえば、お前は今は北千住なんだよな。じゃ、JRかな」

純が言った。こちらの目をまっすぐ見つめて。さっきまでのことは忘れような、とその優しい笑顔は言っている。

「うん」

「俺は銀座線」

この優しい友人を失いたくない。その気持ちで、胸が張り裂けそうだった。それなのに、やっぱり何も言えなかった。

「寄り道せず帰れよ、じゃあな」

背を向けて、純はいなくなった。寄り道？　寄り道ってどういうことだよ？　風俗にいくなよってことか？　バカにしているのか？　あんなやつ友達じゃない。もう縁を切ってやる。

北千住の家の中は、真っ暗だった。奈月はすでに寝てしまったようだ。

面倒だったので、風呂に入るのはやめにした。まだ外は肌寒いくらいで、たいして汗もかいてない。

二階の自室に入ると、着ていたスウェットのまま、布団にもぐりこむ。純から何かLINEのメッセージがきているかと確認してみたが、なかった。

いつもごめん。純の言うことは正しいし、俺はやっぱり間違ってるんだと思う。

そうメッセージを送った。すぐに既読になり、まもなく返事があった。

お前はLINEだと素直だな。また飲もうぜ。

本当は、顔を見てきちんと言うべきだ。それなのにどうして、俺はあんな会話しかできないのか。もどかしさとふがいなさで思わず頭を抱え、布団の中でのたうちまわった。家に誰もいなければ、大声で叫びだしたいぐらいだった。自分でもわからない。この胸の苦しさを、生きるつらさを、誰かに話したい。それなのに、どうして。どうして俺は。

翌朝五時、スマホのアラームにたたき起こされて、いつも通りの一日がはじまった。

北千住に移り住んで二カ月。今が人生で一番早起きをしている。

洗面、歯磨きを済ませるとすぐに台所に立つ。冷蔵庫から卵一パックとウインナーを取り出し、卵焼きは卵八つ分、ウインナーは十四本を焼く。うち卵五つ分、ウインナー十本を奈月の兄が食べる。奈月には卵焼きひとかけらとウインナー半分をおいておくが、食べずに残されていることのほうが多い。

タイマー予約してあった米が炊き上がると、今日は梅と昆布のおにぎりを計八つ作った。うち、六つを奈月の兄が食べる。奈月には小さい具ナシの塩おにぎりを一つだけ。具を入れると大抵一口ぐらいかじって終わりだが、塩おにぎりにしたらなぜか全て食べてくれるようになった。

朝食ができあがり、奈月の兄の部屋の前に持っていった後は、間髪を入れず昼用の弁当作りに着手する。いつもナポリタンや焼きそばなど、一品のみの簡単なものにしている。

藤沢の病院は遠すぎて出勤時間に間に合わないので、北千住に移ってくると同時にいかなくなってしまった。今は、平日に都内の大学病院でこれまでと同じ清掃のバイト、さらに先週から土日の午前中のみ、別の病院のコロナ病棟でも働きはじめた。

奈月に支払う家賃は三万円。しかし食費と家事代として月に五万円もらうことになっているので、実質家賃負担はゼロどころか、うまくやれば黒字にできそうだった。親に肩代わりしてもらった借金のある身としては、これ以上ないほどのありがたい条件だ。もとは父親の書斎だったという二階の一間を与えられ、奈月は一階の物置部屋を自室として使うことになった。

本人には話していないが、奈月のことはあのファミレスで会う前から知っていた。いつも病院内ですれ違うと「おはようございます！」と笑顔全開で挨拶してくるので、嫌でも顔は覚えてしまっていた。

ドラマとか映画にたまに出てくる、周りをひっかきまわす役回りの元気でひょうきんなおばさん。そんなイメージだった。その一方で、どことなく神経質そうな印象も抱いていた。やせぎすの体や、笑顔の奥に見える鋭い目つきのせいだろうか。だからファミレスの前で彼女の姿を見たとき、あの受付の美人じゃないのかとがっかりしつつ（本当に、心底がっかりした）、妙に納得もしていた。

こういう人が生きづらさを感じているの、なんとなくわかるなあ、と。あの威嚇するような「おはようございます！」と、仮面みたいな笑顔。やっぱり、いつも無理してやっているんだな、と。

ファミレスで話していたときの、こちらの顔色をうかがうような態度にも親近感を持った。同年代以上の男性や、容姿の整った女性相手だと、自分もああいう態度になってしまうことがある。

きっと根はやさしく、繊細な人なのだろうと雄太は思った。

しかし、この北千住の家に一歩足を踏み入れた瞬間、すべてが覆された。こんなにもズボラでだらしない女がこの世にいるのかと、信じられない思いだった。

何に驚いたといってまず臭いだ。大げさでなく、室内は死臭がした。一階のリビングダイニングには足の踏み場がなく、ゴミが地層を作っていた。奈月はそのゴミを足でよけながら、器用にあちこち動き回った。害虫が姿を現しても顔色一つ変えない。臭いも気にならないようだった。「女を捨てている」という言葉が、雄太の喉元まで出掛かった。

家自体は相当古いが、かなり広かった。奈月の父方の祖父が建てた家だという。一階にはリビングダイニングとキッチン、トイレ、バスルームの他に一部屋あり、二階にもミニキッチンとトイレ、部屋も三つある。完全に開かずの間となっていて中がうかがい知れない兄の部屋をのぞくと、全てがゴミ部屋だった。

最初の晩は、死臭に耐えきれなかったというのもあるが、そもそも寝るスペースが皆目見当たらなかったので、仕方なく駅近くのネットカフェにいった。翌日、病院に欠勤の連絡を入れると（結局、そのままいかなくなった）、呉田家の大大大清掃作業に取り掛かった。

掃除は、昔から好きだ。

特別潔癖なわけでも、綺麗好きというわけでもない。ただ、掃除という作業が好きだ。さまざまな知恵、道具、テクノロジーを駆使して、あらゆる物、場所をピカピカ、いやビッカビカに磨き上げる。なぜそんなにも好きなのか、たまに同僚たちや純に聞かれることがある。いつも「わかんね」とそっけなく答えているが、本当ははっきりわかっていた。

汚らわしく、恥にまみれた自分の体と精神が、掃除をすることで、浄化されるような気がするから。

もちろん、それはまやかしの浄化であることもわかっている。そもそも自分の体と精神自体が、汚物そのものといっていい。汚物の塊から表面の古い汚物をそぎ落としても、表に出てくるのは少し新しいだけの同じ汚物だ。

今の自分は本当の自分じゃない、という思いはずっとある。本当の自分は、恋愛にすべてをささげる純真で誠実な男だ。女性と自分を結びつけるものは、間違っても性欲や金じゃない、決して。恋愛感情。好き、一緒にいたい、この人を守りたい、守られたいという気持ち。恋愛こそが、生きる目的とすべきものだと心の底から信じていたし、これからも、信じていきたかった。

恋愛こそが生きる目的。そう考えるようになったのは、中学に入ってからだ。漫画、アニメ、ライトノベルなど、さまざまなエンターテイメントからの影響は大きかった。

中学で出会った人とお互い初恋同士で付き合い、キラキラと夏の海のように輝く恋愛を経験したかった。放課後の制服デート、自転車の二人乗り、花火大会のあとのはじめてのキス。友達カップルとのグループ交際にもあこがれていた。そのまま大学まで交際を続け、二十代のうちに結婚して、誰もがうらやむ愛にあふれた家庭を築く。子供は最低でも三人ほしい、などといったことまで、中学生の分際で妄想していた。

しかし、現実は。

妄想とは程遠かった。中学三年間で女子と会話したのはたったの三回。「ちょっとどいて」「あ、すみません」「ねえ邪魔」「あ、すみません」「次、理科室？」「あ、そうです」。本当にそれだけだった。男子との関係もうまくいかなかった。小学校のときに仲のよかった人たちはみんな私立に進んでしまったのだ。一人ぼっちにならないよう、なるべくグループに属するようにしていたが、どこへいっても立ち位置は最下位、常にいじられ役だった。

だから、高校では何かいいことがあってほしいと大いに期待していた。が、入学してみたら中学以上に女子とも男子ともうまく関係を築けず、一学期の途中から不登校になり、夏休み明けには退学してしまった。

それ以降は、高卒認定試験の対策に励みながら、大学進学を目指す日々となった。想像以上につらい生活だった。とくに最初の半年は最悪で、二十九年の人生の中でも、最も暗く濃い黒で塗りつぶされている。

恋愛したい、そのことで頭の中はいっぱいだった。大学に入りさえすれば、恋愛することも可能なはずだった。それなのに、勉強を途中で投げ出しては、中学の卒業アルバムを眺めて自慰行為にふける、というのを繰り返していた。

気づくと、日に五度も六度もやってしまう。自分の体が汚らわしいと感じるようになったのはその頃だ。自分の中からマグマのように噴き上がる性欲も、出しても出しても尽きることなく体内で生産され排出されたがる体液も、汚らしく、恥ずかしく、恐ろしくて仕方がなかった。使用したあとのチリ紙を家族に見られないよう、ゴミ袋にいれて押し入れに保管し、ある程度たまると電車に乗って鎌倉や逗子《ずし》まで出かけて、山の中に埋めたり、燃やしたりしていた。

自慰のあとは、よく枕に顔をふせて号泣した。毎回、もう二度とやらないと決意しても、数時間後にはそわそわして下半身を触っている。

女子を性的な目で見たくなかった。高校で同じクラスの男子になじめなかった理由の一つが、彼らが女子の体の話ばかりしていたことだった。「二組の桜井ってやつの胸、デカくね？」「デカい！　超やりてー」。そんな言葉を耳にするのが死ぬほど苦痛だった。

それなのになぜ、汚らわしい行為を繰り返してしまうのか。自分でもどうしようもなく悲しかった。

自慰をして、泣いて、人生を憐れんでまた泣く。そしてまた自慰。そんな黒々とした日々がしばらく続いた。勉強には全く身が入らなかった。もう人生は破滅したも同然と思い込んでいた。

そんな生活に光が射したのは、十六歳の秋。

父親と口論の末、母親が階段から転げ落ちて右足を骨折した。そのためしばらくの間、料理以外の家事を雄太が担うことになった。

それまでにも家事はときどき手伝っていたので、手順はわかっていた。時間はありあまるほどあるのだから、せっかくなので家中あちこち片付けていこうと思った。

変化が、すぐに起こった。掃除に熱中した日は妙に心身が軽く、自慰をしたいという欲求が自然と抑えられ、一回すればもう十分なのだ。そのことを自覚してから、最低でも一日二時間は掃除するようにした。母親はあきれて「こんなにピカピカにしたのに、どこをまだ掃除するところがあるの」とよく言っていたが、掃除というのはなかなか奥が深いものだ。清潔という概念に限界はない。どこまでも、どこまでも磨ける。

不思議と集中力も増した。そのおかげか無事、高卒認定試験もパスし、第一志望の大学にも合格できた。

再び、恋愛をするチャンスが到来したのだ。

選んだ学部は理系で女子は少ないだろうことが予想されたので、入学してすぐ、少人数のイベントサークルと、アニメ・漫画同好会に入った。三カ月たっても、昼休みを一緒に過ごせる友達一人作れなかった。いじめられたわけでも、無視されたわけでもない。ただ、さりげなく距離をおかれた。みんなでワイワイ盛り上がっているところに雄太が近づいただけで、なぜかシーンと全員押し黙る。週末のイベントの予定を、聞かない限り教えてもらえない。イベントのあとの打ち上げ場所も、聞かない限り教えてもらえない。

「お前はさ、なんか違うんだよな」と、一度言われたことがある。そのときは意味がわからなかった。後になってなんとなく理解できた。顔、服装、挙動、すべてにおいて、みんなよりレベルが下だった。そういうことだ。

サークルには自然と参加しなくなった。同じ学部の人達ともあまり仲良くなれなかった。入学当初はなるべく積極的にふるまおうと努力したが、講義中に自分の外見を揶揄《やゆ》する陰口が耳に入って以来、誰かに話しかける勇気が潰えた。その頃から病院清掃のバイトをしていたので、バイト先には飲み仲間がいたし、オンラインゲームを通して友人もできた。片思いだが、恋もした。相手は病院で見かける看護師や、近所のコンビニ店員、ゲーム仲間など。しかし、雄太の気持ちは決して満たされなかった。

強いこだわりがあったからだ。学校という場所で彼女を作り、気の合う友人にも囲まれ、キラキラした青春を過ごす。それを経験しなければ一生後悔するだろうし、そしてそんな人生には何の価値もない。一粒の、目に見えないほど小さな一粒の砂より、価値がない。

卒業まで、何も起こらなかった。人生終わった、と心から思った。卒業式には出席せず、同じ日、うまれてはじめてソープランドにいった。

卒業までに、彼女が一人もできなかったらいこうとずっと決めていた。そこで自分の理想の人生――すべてを恋愛に捧げる輝かしい人生――は完全に潰える。何もかも終わった人間として、余生を生きる。そのための通過儀礼が、ソープランドで童貞を捨てること、だった。

あれから、約八年。

恋愛に対するこだわりは、全く捨てきれていない。

ときどき、誰かのことをとても好きになってしまう。しかし、アプローチはことごとく失敗に終わる。プレゼントを渡しただけで「警察呼びますよ」と言われたことが、これまで三回ある。恋愛だけでなく、仕事も、何もかもうまくいかない。新卒で入った会社は、先輩からのいじめを理由に二カ月でやめた。以降はずっと病院の清掃バイト。社会的な落ちこぼれ。男の底辺。男のできそこない。その感覚は年々増していく。それとともに、飲み仲間やゲーム仲間ともこじれていった。今では友達と呼べるのは純一人だけ。

はじめて消費者金融で金を借りたのは、コロナ禍がはじまるより少し前のことだ。ひいきにしていたソープ嬢が借金苦にあえいでいることがわかり、五十万借りてそのまま渡したら、すぐに消息をたたれた。

そこからずるずるとソープ通いのために借金を重ね、気づけば百万を超えていた。自粛期間だろうがかまわず通い続けていた。もう、どうでもいい気分だった。借金で首が回らなくなったら死ぬつもりだった。しかし、死ぬ前に両親に借金のことを知られてしまい、家を追い出された。どちらかというと自分の味方だった母親も、金のつぎ込み先がわかると、口もきいてくれなくなった。

何もかも、ダメだった。何もかも、うまくいかなかった。

俺は、生きづらかったんだ、と気づいたのは、あのチラシを見たときだ。生きづらい、それだ、と思った。この息苦しさ、つねにすべての歯車が合わない感じ。今までそんな自分の気持ちを、誰もわかってくれなかった、誰にも理解してもらえなかった。だからこそ、同じ生きづらさを抱える誰かと、この苦しみを、つらさを分かち合えたら、どんなにいいかと心から思った。

朝のすべての支度が終わるのは、午前七時前。リュックに弁当などの荷物をつめ、玄関に向かいながら、途中、スマホで日付を確かめる。

今日は第四金曜日。「生きづらさを克服しようの会」の六回目。

今回もおそらく、失敗に終わるだろう。

「この家に住むのなら、月に二回、『生きづらさを克服しようの会』を一緒にやってください」

はじめて北千住の家に足を踏み入れたとき、死臭の漂う玄関で、奈月は言った。

毎月第二、第四金曜、午後八時から。時間制限はなし、ということになっている。

今のところ、毎回はじめに「何か言いたいことがありますか」と奈月が聞き、毎回思いつくまま雄太がしゃべっている。世の中に対する不満をぶちまけるか、女性に対する怒りを、やはりぶちまけている。奈月がいつも「はいはい」「なるほど」「あ、確かに～！」「そうですよね！」などと大げさにリアクションしてくれるので、興が乗ってつい一方的にしゃべり続けてしまう。

表面上だけで判断すれば、毎回それなりに盛り上がっているようにも思える。言いたいことを言えて、すっきりした気分にもなる。しかし、何かが違う気がした。自分達のやっていることで、生きづらさが軽減されるようにはちっとも思えないのだ。

その日一日、清掃バイトに勤しみながら、何をどう改善したらいいだろうかと考えてみた。が、答えが出ないまま、終業の午後三時になった。帰りにスーパーに寄って、家に着くのはだいたい午後四時。掃除、庭の手入れ、洗濯物の片づけ。やることはいっぱいある。北千住にきてから、一度もソープにいっていない。こうして無理にでもやることを作って、時間をうめている。

金の問題ももちろんある。が、それだけじゃない。女性を性的な目で見たくない、と思いながら、ソープランドへ通うことの矛盾は自分でもよく自覚していた。ソープランド自らがそう主張するように、雄太自身も「これは性的搾取ではなく、あくまで中で起こることは自由恋愛で、金銭はただの謝礼にすぎない」と自分で自分に苦しい言い訳をしながら、通い続けていた。

しかしいくたびに、自分のことが嫌になって死にたくなる。そして死にたい、消えたいという思いが募れば募るほど、裸の女性の肌のやわらかさ、甘い匂い、母性的な笑顔、自分の体に触れる指先、そのすべてに包み込まれたくて仕方なくなる。

奈月の家についた。

なんとなく憂鬱な気分で玄関に入り、リビングダイニングへ続くドアをあける。すると、犯罪者がソファに座ってテレビを見ていた。

「ごめん、忘れてた」

と電話口で奈月は言った。「そういえば来るの、今日だったわ」と。

奈月はこの「忘れてた」が異様に多い。冷蔵庫のドアの閉め忘れ、弁当箱の出し忘れ、トイレの流し忘れ。同居して二カ月、三十回以上の「忘れてた！」を聞いたのではないか。医療事務の前は看護師をしていたと聞いて、雄太は空恐ろしい気持ちになった。奈月に看護してもらうぐらいなら、自ら死を選んだほうが苦しまずに済みそうだ。

電話口で「優しくしてあげて」と奈月が言ったので、雄太は犯罪者にコーヒーを入れてやった。すると、犯罪者は無表情でこう言った。

「アルコールとカフェインは控えてますので」

もう何もしてやるものかと思った。犯罪者の存在を無視してリビング全体に掃除機をかけ、ついでにテレビの真上にあるエアコンを掃除した。それから夕食の支度をした。少し迷って、仕方なく犯罪者の分も用意した。

今日の献立は、鶏のささ身フライとポテトサラダとナスの味噌汁と白飯。ささ身が安かったので多めに買っておいた俺に感謝しろよ、と思いながら、雄太は食卓に座る犯罪者の茶碗に、炊き立ての飯をよそってやった。

犯罪者の名前は呉田薫《かおる》という。奈月の父の兄の子供、つまり父方の従兄弟だ。奈月より八歳年上の四十五歳。元整形外科医。雄太も以前清掃員として働いていた藤沢の病院に勤めていたが（おそらく奈月はこの男のコネで事務センターに入ったのだろう。でなければあの立派な病院に正社員として採用されるはずはない）、去年クビになった。准看護師に対する強制わいせつ行為で、逮捕されたから。

雄太は長く整形外科のあるフロアで清掃作業をやっていたので、薫のことは事件前から知っていた。そして、事件の被害者となった准看護師との不倫の噂も耳にしていた。看護師たちは清掃員を人間ではなくロボットと認識しているので、こちらの存在を全く気にせず大きな声で陰口や噂話を口にする。ただ、不倫相手からなぜ強制わいせつ行為で訴えられることになったのかについては、噂に尾ひれがつきすぎて、雄太にも真相がよくわからなかった。

今、犯罪者こと呉田薫は、雄太の目の前で雄太が作ったささ身フライを黙々と食べている。マズそうにメシを食べるところが、彼の隣に座っている奈月とそっくりだ。

今後は、この男もこの家でしばらく暮らすという。つい数カ月前に実家を追い出されてネットカフェに寝泊まりしていた自分が、縁もゆかりもない北千住で友達でもない見知らぬ男女とともに暮らしていくのかと思うと、妙な気分だった。しかし、食費と家事代をあわせて月三万、この男から徴収することになったので、雄太としては何の文句もなかった。

「あ、忘れてた」

ふいに奈月が言った。ささ身フライを箸の先でちょこちょこつつきながら（こういう行儀悪いしぐさをするときは、腹いっぱいの合図だ）。

「この後、薫兄ちゃんも、参加したいって」

「え？」

「『生きづらさを克服しようの会』に。ね？　薫兄ちゃん」

犯罪者はうつむいていた。医師で、見たところ身長は百八十センチ近くあり、四十代半ばにしては異様なほど髪がフサフサ、もちろん結婚していて子供もいて、持ち家が目黒にあり、そして、若い女の子へのわいせつ行為で逮捕された男。傲慢な生き方をしてきたツケが、回ってきただけだ。

そんなもの、生きづらいとは言わない、と雄太は思った。

「話しやすい雰囲気を作るため」と言って、奈月はいつも照明を消し、いくつかのキャンドルをともす。飲み物は雄太が用意する。コーヒーか紅茶が多いが、今夜はカフェインNGを主張する犯罪者がいるので、仕方なくそば茶を三人分入れた。

リビングのローテーブルのまわりに三人そろい、準備が整うと奈月が「じゃあ、はじめましょうか」と言った。

「こないだの続きからやる？　雄太さんが言ってた、女性の守備範囲の話」

雄太は薫の顔をチラッと見て、姿勢を正した。「ああ、あの話ね」と答え、一つ咳払いする。

「女の守備範囲が狭すぎるって話ね。俺、そのことについてここ数日考えてみたんですよ。なぜ、女の守備範囲がこんなに狭いのか。男は結婚となると多少慎重になるけど、女は結婚するわけでもない、ただ付き合うだけの相手でも、生理的嫌悪がどうとか言って、大抵の男にNG判定を食らわす。そのせいで、少数のイケメンや金持ち男に女が群がり、残った大多数の男が女と縁のない苦しい人生、すなわち生きづらさを味わうことになる。これ、調べたら結構、アメリカとかもそういう男性が多くて、ネットで生きづらさを訴えたりしてるみたいなんだよね。つまり、この点——女の守備範囲の狭さ——を改善することで、生きづらい男性が大幅に減るんじゃないかと思う。そもそも女が言う『生理的に無理』ってなんなのか。あなたにもあるでしょ？　例えば、どんな男性に生理的嫌悪を抱きます？」

「えっ。うーん、えっと」と奈月は少し顔を引きつらせつつ、答える。「とくにないけど……えっと、うーん、しいていえば、ヒゲが濃すぎる人とかは、ちょっと無理かも……」

「はい出たー！　女はいつもそれ。男は汚いもの、という前提で見てるんだよなあ。男を構成する要素、ヒゲとか体臭とかちょっとおおざっぱな性格とか、そういうものを悪いもの、汚いもの、不潔なものとしてとらえすぎなんですよ。俺は不思議で仕方がない。男は女の女性的な要素を決して嫌わないのに。なんで女ってそんなに傲慢なのか」

そんな調子で話しているうちに、あっという間に三十分過ぎていた。話していると喉が渇く。自分のマグカップは空だった。二人のマグカップにはまだたっぷりのそば茶があったので、自分の分のコーヒーを入れようと、そばにセットしてある電気ケトルのスイッチに手を伸ばしかけたとき、「あの……」と声が聞こえた。

「あの、ちょっといいかな」

薫だった。

雄太は伸ばした腕をひっこめて、テーブルに向き直る。なぜか少しむっとしてしまいながら「なんですか」と聞いた。

「僕、実は心療内科から紹介されて、性依存症の人が集まる自助グループに参加してたことがあるんだ」

セイイゾンショウ、という音が頭の中で〝性依存症〟と変換されるまでに、少し時間がかかった。そのあと続けて〝タイガー・ウッズ〟という単語が脳裏に浮かんだ。

「性依存症といってもいろんな人がいて」と薫は無表情で淡々と話した。「痴漢がやめられない人とか、盗撮で何回もつかまっている人とか。そういう人たちが集まって、いろんな話をするんだ。ほら、映画とかでたまに見ませんか？　アルコール依存症の人たちが匿名で集まって、自分の話をする会みたいなの」

「ＡＡＡミーティング、とかってよばれてるやつですね」雄太は得意げに言った。「生い立ちとか、酒飲んでやらかしてしまった話とかするやつ」

「そう、話すことで気持ちが解放されるし、何より自分の問題が客観視できる。君たちのやっているこの会も、基本的にはそれが目的じゃないかと思うんだけど……なんというか、やり方が少し間違っているような気がする」

そう言ったあとで慌てて薫は「いや、本当は間違いとか正しいとか、決めつけはしたくないんだけど」と早口で付け足した。

「どういうやり方が正しいの？」奈月が興味深そうに聞く。

「僕の参加してた自助会にはルールがあって、まず大事なのは、聞いた話をよそで口外しないこと。まあ、これは当たり前だよね。あとは誰かの話を批判してもいけないし、割り込んでもいけない。基本は語ることが目的で、議論とは違うんだ。もちろん不要なアドバイスもしてはいけない。でも、さっきまで聞いていて、何よりも違うなと思ったのは……一般論じゃなく、あくまで自分の話をするべき、ということなんだよ」

「一般論って？」と雄太は即座に返した。胸の内側がむずむずする。自分の話が、いや、自分自身が否定されようとしている、そんな予感。

「君の話はとても興味深いよ」そう言う薫はあくまで淡々としていた。「でも、この会では男が、とか女が、とかではなく、あくまで自分を主語にして話をしたほうがいいと思うんだ。自分の話。恋愛や性の話をしたいなら、あくまで自分の恋愛や性の経験で、つらかったことや開放したい思い出を話す。聞く側は口出ししないし、否定もしな

「……」

「いやでも、いきなり自分の恋愛や性の話をするのってハードル高くないですか？　それにねえ、男だけの場ならまだしも、ここには女性もいるしさあ。女性の前で性の話なんて、セクハラになりかねないんじゃないかな」

「わたしは……構わないけど」奈月がぼそっとつぶやいた。

「いや、俺は構いますね」雄太はきっぱりと言った。「性の話なんて女の前でできない。それが普通でしょ。誰だってそうですよ。その性依存症のグループに女性はいたんですか？」

「いなかった」とあっさり薫は言った。「さっきも言ったように、痴漢とかの性犯罪の加害者もいたからね。女性の性依存者ももちろんいるけど、そういう人たちは、過去に性被害経験のある人が多いみたいなんだ。加害者と被害者がそういう場に同席するのは、難しいだろうね」

「じゃあこの会も無理ってことなんじゃないですか？　男女でこんな会をやるってこと自体に、無理があったってことっすよ。まあ、今回で解散ってことでも……」

「待って」奈月が言った。「じゃあ、今日はわたしの話をしてもいい？」

「さっき、女性の前で恋愛や性的な話はできないって雄太さんが言ったとき、わたし、ちょっとショックだった。ガーンって感じ。だって、わたしは同じ女性とでも、そういう話はしたことがないから。男性でも女性でもダメなら、わたしはどうすればいいんだろうって、ショックで。ちがうの。雄太さんが悪いんじゃなくて、なんていうか、わたしは性別関係なく、自分の悩みを話したり、聞いてもらったり、そういうことが一生できないのかもしれない、ガーンって感じで。

雄太さんは同性となら、性の話を抵抗なくできるのかな？　わたしは、そもそも異性とはあまり接点がないからわからないんだけど、同性と、性のこととか体のこととかを話すのが昔からすごく苦手、というか苦痛で、そのせいで、女友達ができないのかなって思うときがある。

ほら、〝女同士ならいいじゃない〟っていう文化があるでしょ？　女同士なんだから、裸を見せ合っても恥ずかしくないし、体のことや、その……月経について話すのも当たり前でしょ？　みたいな。わたしは昔から、とにかくそういう〝女同士〟っていう圧力が苦手で。怖くて。女性が怖いとか、そういうわけじゃないんだけど。女友達はずっとほしいし。でも、何でも話せる、見せられるっていうとそうじゃない。だからいつも、どうやって同性と関係性を築けばいいのかわからなくて。

それで思い出したんだけど。高校二年のときのことなんだけどね。

学校は共学の普通科だったんだけど、二年生の時だけ女子クラスになったの。わたし、それまでずっと友達がいなくていつも一人でいたから、今度こそ友達を作ろうと、新学期がはじまって早々、いろんな人に話しかけたり明るくふるまったりして、すごく張り切ってた。毎回そうなんだけどね。最初はそうやっていろんな人と仲良くなるんだけど、すぐに見限られて一人ぼっちになる。

でも、女子クラスだったからなのか、いつもとは違って、一学期の終わり頃になっても、一人ぼっちになることもなく、グループにも入って楽しく過ごしてた。やっぱり年頃だから、みんな男の子の話や、性の話ばかりしてて。内心すごく嫌だなって思ってたんだけど、仲間でい続けたかったから、わたしも積極的にそういう話をするようにしてた。

とはいっても、実体験の話なんかできないから、ふざけて言う感じ。いわゆる下ネタっていうやつ。下品なことをわざと言ったり、ね。わたしは昔からやせっぽちで胸が小さかったから、自分はぺちゃぱいだってことさらアピールして笑いをとってた。笑ってもらえないとすごく傷ついたし、でも、笑われてもみじめさと自己嫌悪で死にたくなった。今思い出しても、すごく恥ずかしい。いわゆる黒歴史ってやつ。でも、そうやって頑張ってアピールしないと、つまらない子って思われて、仲間外れにされそうで。とにかく、一人ぼっちにはなりたくなかったから。

それで、二学期に入ってすぐね。同じグループの子が、副担任に体を触られたって言い出したことがあって。若い男性の先生で、かっこよくてみんなに人気の先生だった。その子が言うには、放課後呼び出されて、誰もいない教室で抱きしめられて、スカートの中に手を入れられたんだって。そしたら次々に、『わたしも呼び出された』とか『わたしも背中をさすられた』とか言い出して。みんなで訴えを起こして、副担任を退職に追い込もうって話になった。

だけど、わたし、言っちゃったんだよね。『みんな、気のせいじゃない？』って。

副担任をかばいたかったわけじゃなくて。わたしもね、実はその先生に、その、なんていうか、一回だけ、気のせいかもしれないけど、一回だけ、触られたことがあって。でも、認められなかった。自分が大人の男性から性の対象として見られてるのかもしれないってことも、ましてすごくいい先生だって思ってたその副担任が、そういうことをするってことも。認められないし、受け入れられないというか。だから、とても人に話すなんてできなかった。クラスメイトに『奈月も何かされたでしょ？　女同士なんだからなんでも話してよ』って言われたとき、気持ち悪くて仕方なかった。まるでその子からも、性的な目で見られているように感じちゃって。

おかしいよね。女同士なのに。向こうはちっともそんな気はないはずなのに。おかしいよね。でもね、本当に気持ち悪くて仕方なかった。だから、言っちゃった。『みんな、気のせいじゃない？』って。

その瞬間から、もうわたしだけ完全排除。わたし以外のクラスメイトが一丸となって、授業をボイコットまでして副担任を休職に追い込んだの。最近の言葉で言う、シスターフッドの団結って感じで、まるでドラマみたいだったなあ。みんな正義感に燃えて、一緒に高揚して、女同士の絆がより一層強まって。

わたしはそれを、ずーっと一人で見てた。みんなからは完全無視。自分が幽霊にでもなったみたいだった。

最近、よくあるでしょ。女同士で一致団結して男社会と闘っていくようなフィクション。ああいうのを見ると、胸が苦しくてたまらなくなる。わたしはああいう物語の一部にはなれない。だって、女のことが気持ち悪い女、なんて存在しちゃいけないもの。〝女同士ならいいじゃない〟っていうルールを受け入れられない限り、わたしはずっと一人なんだよね」

そこまで話して、奈月は黙った。しばらくの間、まるで呼吸をとめているかのように口をつぐんでじっとしていた。やがて「ふーっ」と息を吐きだすと、へへっと笑った。

「なんだか、べらべら話しすぎちゃった。ごめんね」

「謝ることないよ」とすかさず薫が言った。「でも、話してみて、どう？」

「うーん、どうかな」奈月はなぜか天井を見上げる。「こんなこと、人に話す日がくるなんて思ってなかったから。話したくない、っていうより、考えないようにしていたことっていうか。でも、うん、そうだね、わたし、ずっと誰かに話したかったんだと思う。でも……」

「でも？」

「『もう三十七歳なのに、いつまでも学生時代のことにこだわって、バカじゃないの？　そんなだから人生うまくいかないんだよ』ってダメ出しされそうで、とても人に話せないと思ってた。実際そう思わない？　こんな三十七歳、わたしだけじゃないかな」

「そうは思わない。誰しも少なからずそういうところはあるんじゃないかな。それに、ダメ出しはしない。それをこの会のルールにしよう」

二人のやりとりをながめながら、雄太は妙にドキドキしていた。奈月の話を聞いているとき、その話に引きずられるようにして、いろいろな思い出が脳裏をかけめぐっていた。自分もそれを話したい。そして、ダメ出しもアドバイスもなく、ただ黙って受け入れてほしい。そう思った。

自分も高校入学直後、男子同士で話す下ネタについていけず苦しんだ。クラスの中心メンバーから存在しないものとして扱われたときの、幽霊になったような気持ちもよくわかる。

俺もそういう話がしたい。聞いてほしい。けれど今はまだ、言葉が出てこない。

「あ、もう十時過ぎてる」奈月が言った。「今日はこのぐらいにしとこうか。なんだかお腹がすいちゃった」

その瞬間、雄太の思考はピタッとストップした。思わず「嘘でしょ！」と声をあげた。

「お腹がすくなんてこと、あなたにもあるんですか？　茶碗一膳のご飯すら苦しそうに食べてるくせに」

ははは、と奈月は笑った。「確かに、滅多にないかも」

「ちょっと、探してきますね」

雄太はいそいそとキッチンに立った。食事の支度となるとついつい張り切ってしまう。なんとなく甘いものがいいような気がした。つい先日、業務用スーパーで大容量のハーゲンダッツバニラ味を入手していたことを思い出す。三つ小皿を出してそれぞれに盛り、たまたまそばにあったクラッカーを一枚添えてリビングに持っていく。ついでにそば茶も淹れなおした。

「たくさんしゃべって脳が疲れてるからか、アイスがとっても甘く感じる」

アイスクリームを一口食べて、奈月はしみじみと言った。この人も、こんなふうにおいしそうに何かを食べることがあるんだ。そう思って、また少しドキドキして、雄太はとっさに目を伏せた。次から毎回必ず甘いものを用意しよう、と決意する。

そしていつか。そう、すぐじゃなくていい。いつか。

ずっと封印しているあの話をしよう。あの話。

髪の毛の話。俺の、髪の話だ。

♠

「遅くなってごめんなさい。呉田さん、あがっていいですよ」

そう声をかけてきたのは、十七歳の女子高生だった。薫はこの職場では半年先輩になる彼女に「お疲れ様です。ありがとうございます」と慇懃に挨拶した。

「いやいや、敬語とかいいですよー。あ、これ、わたしやりますね。そうそう、呉田さんって、うちのお父さんより年上ですよ。だから、敬語なんて使わないでください」

そう言って屈託なく笑う。あまり今どきらしくない、地味で田舎っぽい雰囲気の子だった。

「あ、そうだ。呉田さんって、前はお医者さんだったって本当ですか？」

女子高生は薫から受け取った台車に積まれた段ボールケースを、手際よく開けていきながらそう聞いた。

「わたし、実は医学部目指してるんですよ。子供のときから、親に医者になるように言われてて。でも、なかなか自信が持てないっていうか。大学受かる気もしないし、受かっても、やっていけるか不安だし」

「そうなんですか」と薫は答えながら、ふと疑問に思う。今はもう七月。彼女は高校三年生のはず。最終学年の医学部志望が、この時期にこんなところでアルバイトしている場合だろうか。

「今度、相談乗ってくださいよー」

まるで学校の先輩に対するような気軽な口調でそう言い、女子高生は台車を押しながら去っていく。薫は静かにその背中を見送った後、売り場を離れてロッカールームに向かった。

制服から私服に着替え、スマホを確かめる。妻から電話番号あてのショートメールがきていた。

「理沙《りさ》と愛奈《あいな》の学費が足りないので、工面してください」

メールは三日ぶりだった。

妻の連絡先はスマホの電話番号しか知らない。通話することはめったになく、やりとりは基本的にショートメールのみ。ＬＩＮＥはアカウントを持っているのかすら、お互いに把握していない。

一緒に暮らしていたときから、何か用があるときは、家の中でもショートメールで会話していた。

「テレビの音がうるさいので小さくして下さい」

「今日は理沙と愛奈と外食するので食事は自分で用意してください」

「トイレの便座をあげっぱなしにしないでください」

そんな内容のショートメールが、自室に一人でいるときに送られてきた。返事をすることはあまりなかった。

そして今日も返事をせず、スマホをバッグにしまう。それから、二カ月前から夜勤で働いている二十四時間営業スーパーの裏口を通って、外に出る。

じとじととぬるい雨が降っている。いつのまにか七月。昨晩、出勤のために家を出るとき、「明日は午後からどしゃぶりだって」と雄太と奈月が話していたことを思い出す。スーパーから奈月の家までは徒歩で二十分。台風並みの悪天候でもない限り、運動がてら歩いて通うことにしている。電車はあまり好きではない。

足立区は、あまりなじみのない土地だ。

東京で生まれて東京で育った。しかし、ほとんどの時間を世田谷区か目黒区か渋谷区で過ごしてきた。仕事であちこち出向くことはあるが、それでも足立区とはとんと縁がない。

どこからか、食べ物の匂いが漂ってくる。朝食のトーストの匂いだろうか、と息を深く吸いこむ。

足立区内を歩いていると、こんなふうにあちこちから食べ物の匂いが鼻をくすぐってくる。人ががやがや話す声もよく聞こえて、排気ガスの濃度も心なしか濃い気もして、あらゆる感覚が刺激されて、感じたことのない気分になる。わくわくする、というのはこういう気分のことかもしれないと思う。目黒区の自宅周辺を歩いていても、決してこの感覚にはならない。食べ物の匂いもほとんどしない。たまに動物臭が鼻をつくことはある。

振り返れば、わくわくするということが、人生のあるときまでほとんどなかった。真面目だね、と四六時中言われてきたし、薫自身、そう思って生きてきた。何かにわくわくして浮き足立ったり、はしゃいだり、ときにはむせび泣いたり、あるいは怒って声を張り上げたり。そういうこととは基本、無縁の人生なのだと思っていた。

俺は真面目な人間だから。

真面目とは何だろう。

俺は今でも真面目な人間なのだろうか。家族を裏切り、事件を起こし、医師からスーパーのアルバイト店員まで身分を落とした今の自分は、不真面目な男になったんだろうか。だとしたら、いつから。彼女に出会ったときからだろうか。

碧《あおい》と出会ったのは今から約一年半前のことだ。薫は四十三歳、碧は二十二歳だった。

碧は整形外科に配属されたばかりの、准看護師だった。ある当直の晩——時刻は二時過ぎだった——彼女が廊下の隅にうずくまっているのを見つけた。体調が悪いのかと思い、念のため声をかけると、彼女は子供みたいに声をあげながらすがりついてきた。そんなことをよくしらない女性にされたのは、生まれてはじめてで、薫は激しく動揺した。髪をさすってなぐさめたのは、何か下心があったわけじゃなく、ほかにどうしたらいいのかわからなかったからだ。そうすると彼女は、自分の体を押し付けるようにして、さらに強くしがみついてきた。

その晩以降、勤務中に彼女の姿を見かけるたび、「大丈夫か？」「困ったことはないか？」と声をかけるようになった。すると、しばらくして向こうのほうから、「今度、相談に乗ってもらえませんか」と誘いをかけてきた。

ある日の日勤明け、病院から歩いて十五分ぐらいの場所で、こっそり落ちあった。車に乗せ、どこか店に入ることはせず、あちこち適当に流しながら彼女の悩みを聞いた。正看護師たちにいじめられているという話だった。よくある話だと思ったが、薫なりに考えて助言してやると、彼女は目に涙を浮かべて、「先生に相談してよかったです」と言った。

そのときの感覚は、忘れがたい。今、目の前にいる可憐な若い女性は、自分を、俺を、男として頼りに思い、求めている。そう強く感じた。これまで誰からも男として見られていなかった、ということにも薫はそのとき気づいた。妻からも。真面目な人間。真面目な医師。真面目な父親。碧ははじめて、自分の中に男を見て、それを激しく、熱烈に求めてくれた。

彼女の話が途切れた頃、店じまいしたドラッグストアの駐車場に車を止めた。周りには民家しかなく、季節は冬で、静まり返っていた。その日は新月で、月明かりさえなく、しかし闇の中でも、彼女の瞳がうるんでつやめいているのがわかった。

求められていると思うと、自然に体が動いた。キスをして、スカートの裾から手を入れた。指先がショーツのレースの先にふれた瞬間、彼女ははっと思い出したように体をかたくさせてから、極めて型どおりの抵抗をしてみせた。しかし、まもなく静かになった。薫は、避妊はしなかった。

それ以後、半日でも時間が合えば会って、愛を交わすようになった。毎日毎分毎秒、彼女が恋しくてたまらなかった。頻繁にＬＩＮＥのメッセージを送りあい、手紙のやりとりもした。会えないときは切なさのあまり、自然と涙がこぼれた。

こんなことが自分の身に起こるなんて、信じられない気持ちだった。結婚前に交際した女性は妻以外に一人もいない。その妻は、薫のことをよく「淡泊な人」と表現した。

交際半年を過ぎる頃から、碧の情緒が不安定になった。

「別れたい、こういうことはもうやめたい」としょっちゅう口にするようになったのだ。

それからまもなくして、碧から妻あての、最初の電話があった。

「ご主人に無理やり関係を持たされています。断ったらどの病院でも働けないようにしてやると脅されました。どうかご主人をとめてください」

彼女は妻にそう言ったという。しかし、妻は誰かの嫌がらせだと判断したようだった。それから電話は数回あったが、妻は夫の不倫など、みじんも疑わなかった。

それからまたしばらくして、今度は何も言わずに突然一カ月の疾病休暇をとり、そのまま碧は音信不通になってしまった。それが、去年の夏の終わり頃のこと。LINEもブロックされた。その直後、病院の人事部の役員から、弁護士がやってきて薫をセクハラで訴えると言っている、と告げられた。まもなく、被害を訴えているのが碧とわかって、びっくり仰天した。

相手側の主張はこうだった――最初に車で二人きりになった際、「言うことを聞けば正看護師からいじめられないよう配慮してやる」と、医師という立場を利用して肉体関係を無理強いした。その後、やめたい、別れたいと被害者が懇願するたび、「もし別れるなら病院にいられないようにする」と脅した。さらには被害者が逃げられないようにするため、行為中の写真を撮影した。

妻は病院側の弁護士に「相手の女は金目当てでセクハラをでっちあげている。こっちも名誉毀損で訴えるべき」と主張した。一方、弁護士はそれには全く消極的で、相手側が持っている手紙やスマホ画像などの証拠が強力すぎるので、言い分を全て認めるしかない、と端から断言していた。薫はどちらの意見も聞く気になれなかった。なぜなら全て、単なる誤解が原因だからだ。碧と自分の間に生じた、ちょっとした誤解。本当なら会って五分でも話せば済むこと。なぜ、彼女がこんな手段をとったのかはわからない。はっきりしているのは、二人きりで会う、それだけですべてが解決するということ。

とにかく、誤解を解きたい。その一心だった。悪気があったわけじゃない。碧を傷つけたかったわけじゃない。

しかしその後、薫は事件を起こしてしまう。結果、当初の予定より十倍以上の額の金が積まれて示談となり、告訴も取り下げてもらえた。その後すぐに病院を辞め、妻にも家を出ていくよう言われたので、広島で美容外科クリニックを経営している姉の世話になることになった。

姉の勧めで心療内科に通うようになり、そこで自助グループのことを知った。はじめて参加したとき、薫はほかの参加者の語りを聞いているだけで、自分は何一つ話さなかった。しかし、自分に足りなかったのはこれだ、と確信した。誰かと気持ちを語り合うこと。自分の気持ち。自分の感情。とりとめもなく語り、ただ受け止めてもらう。四十年以上生きてきて、そんな経験は一度もなかった。

自助グループへの参加は、人生を変えるチャンスになるかもしれない。そう強く予感した。しかし、現実は常にままならない。姉の婚約者に事件のことをしられ、広島から出て行ってくれと言われてしまったのだ。

そんなときに、奈月から連絡があった。

「薫兄ちゃん、今、いくところがないんでしょう？　一緒に暮らさない？」

天からの恵み、といってても全く大げさでなかった。赤の他人との共同生活とは、想像もしていなかったが。

同居の条件は雄太に家事負担代の三万を支払うことと、「生きづらさを克服しようの会」への参加、それだけ。

本当は医師に戻れば、誰の世話にもならず、一人でも余裕でやっていけるだろう。娘の養育費もなんとかなる。場所を選ばなければ、医師の仕事などいくらでもあるのだ。しかし、元の世界にはもう戻りたくなかった。その理由を、自分でもはっきり見いだせない。ただ、どうしても戻りたくなかった。

そのとき、どこからか「おーい」と声が聞こえて、物思いはふっと途切れる。ただ胸に、痛みと苦みだけが残る。怒り。屈辱。寂しさ。どこにも吐き出すことができないもの。

「おーい、おーい」

自分が呼ばれているのかと思い、あたりを見回した。どことなく雄太の声に似ている気がしたからだ。しかし、誰の姿もなく、そして依然として「おーい、おーい」と聞こえる。

いつの間にか雨がやんで、遠くの雲から天使の梯子が降りているのが見えた。

家に着くと、まず雄太が用意しておいてくれた昼食を、二階の徹の部屋の前に持っていく。今日はきのこと牛肉のカレーだったので、火にかけて温めなおした。これがこの家で薫に課せられている、唯一の家事だった。

そのあと自分も同じものを食べる。今日は水曜日。次の生きづらさを克服しようの会（最近では略して生きづら会と呼ばれている）は、明後日だ。

三人の生活がはじまって、すでに三カ月あまりが過ぎた。引きこもりの徹とはなかなかコンタクトをとれずにいるが、それ以外は思いのほか、順調で平穏な日々だった。

生活のサイクルは三人バラバラだ。奈月は平日日中に働き、雄太は曜日問わず早朝から昼過ぎまで、薫は夜勤で平日休み。食事は雄太が用意してくれたものを、各自好きなときに食べ、休日もそれぞれ別々に過ごす。

三月のあの晩、奈月が高校時代に女子クラスの中で疎外された思い出を語ったときに、生きづら会の方向性が、おおよそ決定づけられたとみていいだろう。薫が加入する前、二人きりだったときは、〝雄太のご高説を奈月が賜るための会〟状態だったようだが、今は違う。それぞれが、思い思いに、自由に、生きづらさ、人生の困難さを語りつつある。

とはいえ今のところ、話題の八割が雄太の失恋話、というか、本人がよく自称する〝非モテ男〟の苦労話だった。これまでの人生、いかに異性から無視、排除されてきたか。異性からの承認を得られないまま一生を終えるのかもしれないという、底のない悲しみ。どうアプローチしたところでただの迷惑行為としか受け取ってもらえない、もどかしさ。

残りの二割は奈月の人間関係に関する苦悩と、将来の不安についての話だ。人の顔色ばかりが気になって、他人と接しているだけで疲れてしまう。だからといって一人きりで生きていくのはさみしすぎる。結婚して自分の家族を持ちたいが、どうしたらいいのかわからない。

二人に共通しているのは、恋愛や人づきあいをまともにできない自分たちは、人間としてとても未熟で不出来な存在だという感覚じゃないかと薫は思った。そしてそんな二人からは、医師という大層ご立派な職業に就き、結婚して子供もいる薫のことが、理想的で完璧な大人に見えるようだ。

けれど薫本人は、二人の話を聞いていると、むしろ正反対の気持ちを抱いてしまう。とくに雄太の、〝異性からの承認を得られない限り、本当の男にはなれない〟という感覚には身に覚えがあった。確かに自分は結婚して子供もいる。が、異性からの承認を得て本物の男になれたとはじめて感じられたのは、多分、碧と最初に関係を持ったときだった。そして碧を失った今、やはり自分は未成熟な男だという感覚にとらわれている気がする。

この気持ちを二人に話したところで、理解してもらうのは難しいかもしれない。話したくないわけではない。いや、むしろ話したい。とくに事件のこと。ただ、誤解を生まずにうまく伝えたいのだが、それにはどうすればいいのかがまだわからなかった。事件そのものが誤解といっても、過言ではないのだから。

五月第四週の会の後、あまりに話題が毎回重複しているので、今後はつどテーマをもうけようということになった。会の終わりに各自最大三つまで、次回に語りたいテーマを紙に書いて提出し、あみだくじで決める。恨みっこなしだ。

前回、六月第四週の生きづら会は、とても印象的な会になった。テーマは雄太が出した「容姿のコンプレックスについて」。

会の冒頭で、雄太はこう宣言した。「今日は俺の髪の話をしたい。俺は実は、ハゲてるんだ」

その瞬間、奈月も薫も言葉を失ってしまった。薫は、彼流の冗談なのだろうか、と思った。が、どうやらそうではなさそうだった。彼の顔つきはいたって真剣なのだった。

しかし、雄太がいわゆる脱毛症の状態であることは、誰の目にも明らかなのだ。「実は……」などといった切り出しでわざわざ教えてくれる必要は全くない。乳幼児さえ、その言葉をしっていたら口にするはずだ。

「ハゲ」と。

「今まで誰に対しても、認めたことがない。自分は……ハゲてるんだって。いまだに職場とかでハゲいじりしてくる人がいるけど、いつも自分のことじゃないようにふるまってる。別の人のことを言ってるんだろって態度をとるんです。例えば、よく男同士の会話でさ、『うちの親父もじーちゃんもハゲてるから、俺もいつかハゲるかも、やべー』なんてことを言うやつがいるでしょ。そういうとき、俺は何も言わないか、どうしても何か言わなきゃいけない場合は、『そうだな、気をつけたほうがいいかもな』なんて、さも自分はハゲていないかのように言い返す。もっとストレートな表現でいじられたとき――例えば薄毛の芸能人にちなんだあだ名をつけられたり、俺の額を見ながら『まぶしいっ』とか言われたりしたときは、基本的に無視、無言、無表情。その話題が終わるまで、とにかく無反応でやりすごす。

そういうことを続けてると、そのうち俺の頭部について、誰も何も言わなくなるんです。今は周りも大人だからそれで終わりにしてくれるけど、中学のとき……あ、俺、中学のときからハゲはじめたんすけど、それで、中学のときの友達は、とにかく外見をいじってくるやつばっかりで。毎日毎日ハゲいじりされて、最初は無理してリアクションしてたんだけど、もういい加減イヤになって、聞こえないふりとか、気づかないふりをするようになったら、いじりにちゃんとしたリアクションをしないつまんねーやつ認定されて、グループからハブられました。中学男子って、マジでしつこいんすよ。飽きもせず毎日毎日。薄毛の野球選手にちなんだあだ名とかつけてきて笑ったり、頭にぞうきん載せてきて笑ったり。バカ丸出しですよ。

高校でも全く同じ。入学初日に『俺よりハゲてるやついて助かったぜ』って言いながら肩を組もうとしてきたやつがいて、思いっきり無視してやりました。そいつは全体的に髪が薄くて、ハゲてるっていうより、元から毛が少ないタイプというか。中学でも周りからいじられてたんでしょうね、俺と同じように。あの発言、あのしぐさで、あいつはいろんなことをアピールしようとしてたんだと思う。自分のハゲはいくらでもいじっていいから仲間外れにしないでくれよ、っていう周りへのアピール、俺に対しても、同じハゲとしてハゲをさらしながらノリよくやっていこうぜっていうアピール、でも同じハゲでも俺のほうが上だからなめんなよってアピール。そういういろんな思惑が、あの一瞬の態度に凝縮してた。

中学のとき、『もっとハゲを売りにしろよ』って言われたことがあるんです。『じゃないとますますモテないぞ』って。いまだにその言葉が頭に浮かぶ。でも、できない、俺には、そんなの無理です」

雄太の薄毛にまつわる話はその後も続いた。これまでの二十九年の人生で、数えきれないほどいじられ、からかわれ、それを徹底して無視してきた。その数々のエピソード。薫と奈月は黙って聞き続けた。興味深かったのは、その無視が自分自身に対しても向けられてきた、ということだ。

「とにかく髪について考えないんです。俺はハゲてるともハゲてない、とも考えない。自分の身の周りにハゲは存在しない、ハゲという概念そのものがない。だから当然、対策なんかしない。床屋にもいかない。薬も飲まない。調べもしない」

「なぜ、今になって認める気になったの？」

奈月が聞いた。もっともな疑問だと薫も思った。

「この会を続けるなら、もう、無視はできないと思ったから」雄太は少し不服そうに言った。「三月に奈月さんが、女性同士で性の話ができない、って話をしたでしょ。あのとき、すごく、奈月さんは自分と向き合っている感じがした。その様子を見て、誰かに自分のことを語るためには、その前に自分自身と向き合うことが必要不可欠なのかもしれないって思った……というか。

そもそも人間関係も含め、この生きづらい人生がはじまったのって、明らかにハゲはじめてからなんすよ。でもずっと、それを認められなかった、というか。だって認めると、矛盾が出てきますよね？　ハゲてるのにモテる男もいる。ハゲてるのに人気者のやつもいる。じゃあ俺はなんなんだって。その矛盾に向き合うことが怖かった」

そこから、男性とハゲの問題について、三人で思い思いに意見を出しあった。本当にハゲはモテないのか？「ハゲそのものより、ハゲを気にしすぎて卑屈になっている精神が男らしくない、いっそ堂々としていればいい」などという言説をよく耳にするが、それは正しいのか？　なぜ、ハゲだけがそのように言われなければならないのか？

なかなかこれといった結論は出なかったが、奈月がふいに口にした「女同士で『ハゲだけはイヤ』って話をしているのは、あんまり聞いたことないかもしれない」という発言は重要だと薫は思った。

続けて、奈月はこう言った。

「あ、ごめん、わたし、女友達一人もいないから、女同士の会話はただ横で聞くだけというか、それは盗み聞きともいうんだけど、とにかくわたしはその盗み聞きをよくやるんです。まあ、それの是非は横においておいて。それでね、女同士で『食事代をおごってくれない人はイヤ』とか『不潔はイヤ』って話してるのはよく聞くの。『店員さんに対する態度が悪い男もイヤ』もよくあるな。雑誌のアンケートとかでもよく見る。でも、改めてちゃんと考えてみると、毛量だけにそこまでこだわっている女性っているのかな。そういえば、結婚相談所に入ってたときもね、男性の担当者によく言われたの。『この人は髪が薄いけどいい人ですよ』って。いつも不思議だったんだよね。わたしは男性の髪の毛について、一度も何も言ったことがないのにって」

「確かになあ」と薫も腕組みをして、考えながら言った。「雄太君の前でこんな話をするのは気が引けるけど、『年齢のわりに毛量多いですね』って他人からよく指摘されるんだ。今まであんまり深く考えてこなかったけど、それを言ってくるのは男のほうが多いかもしれない。いやそうだな、男のほうが圧倒的に多いな」

その後、話し合いはハゲだけにとどまらず、なぜ男同士は互いの欠点をいじりあい、からかいあうことをコミュニケーションの主軸としてしまうのか、といったものに移りかわっていった。確かに、それは薫にも身に覚えのあることだった。小学生のときから、四十を過ぎた今でもそうかもしれない。セクハラ騒動の渦中にあったときさえ、からかったりいじったりすることでなぐさめたつもりになっている同僚医師が何人かいた。

「薫さんみたいな優等生でもからかわれることってあるんですか？　じゃあ例えば、今までで一番むかついたからかいってなんですか？」

しかし雄太にそう聞かれ、真っ先に思い浮かんだのは、男同士のコミュニケーションとは無関係のことだった。

妻のことだ。

大学二年の夏。交際中だった妻が弁当を作ってきてくれた。しかし、量が多すぎて、半分近く残してしまったのだ。

「えー、男のくせにわたしより食べられないの？　ダイエットしてる中学生女子じゃないんだから」

妻にそう言われ、それまで感じたことのないほどの怒りを覚えた。それから彼女とは二週間、口を利かなかった。

今ならわかる。妻もせっかく作った弁当を残されて、気を悪くしてつい言ってしまったのだろうと。それでもいまだに思い出すとムカムカして、タイムスリップして過去の妻を殴ってやりたい、とさえ思う。

あのとき以来、他人と外食するのを避けるようになったのだ。とくに、男だけの集まりで焼肉にいくなどといった誘いは絶対に断る。胃腸が弱く少食だというコンプレックス。そんなものはたいした問題ではないと思っていた。しかし、案外根深いものだったのか？

この話をしたい。雄太や奈月のように語ってみたい。胸骨の奥から熱い衝動のようなものが、ふいにわきあがってくる。

しかし、ほんの一瞬で、花火みたいに、消えてしまう。

「うーん、あったと思うけど、忘れてしまったな」

薫はそう言った。

その後まもなく、その日の生きづら会はお開きになった。

七月第二週の金曜、薫はバイトから帰ると、普段より手際よくルーティンをこなした。雄太が用意しておいた焼きそばを温めなおして二階に持っていき、自分も同じものを急いで食べる。今夜は生きづら会。それに備えるために、できるだけ長く仮眠をとりたかった。

ちょうど食べ終わったとき、雄太がいつもよりはやく帰ってきた。

「あの、今日の生きづら会、テーマ変えます」

彼は薫の顔を見るなりそう言うと、さっそく台所の片づけをはじめた。食べ終わった皿を持っていきながら、薫は「なんで？」と尋ねた。

「今日のテーマは『怒り』だったよね。奈月のやつだよね」

「はい、でも前回の続きをやりたいんです。お願いします」

どうやら髪の毛について、まだまだ語り足りないようだ。

そして夜。夕食を終えた午後八時過ぎ、すべての支度が整い、生きづら会がはじまった。

前回同様、薄毛にまつわる過去のさまざまなエピソードを雄太は語っていった——中二の春休みのある朝、ハゲはじめていることにはたと気づいて、洗面台の鏡の前で日が暮れるまで立ち尽くしてしまったこと。中三の秋、父親の毛生え薬を飲み薬と勘違いして誤飲し、病院騒ぎになったこと。

大学三年の初夏、食堂でから揚げラーメンを食べていると、背後で誰かが「ハゲ」とささやくのが聞こえ、その瞬間何もかも嫌になって、持っていた箸で自分の目玉を突き刺しそうになった話をしている途中、雄太はふと「そうか、わかった」とつぶやいて、語りをしばし止めた。

「……今、思ったんだけど。嫌なこと、不都合なことから目をそらしたり、逃避したりするのが、得意な人と苦手な人がいるんじゃないかな。それで自分は、もしかしたら苦手なほうの人間なのかもしれない。普段は髪のことも、女にモテないことも、社会的に落ちこぼれていることも、考えないようにしよう、無視しようって自分に言い聞かせてるんだけど、ささいなきっかけ、例えば髪がフサフサの男を見かけたり、自分の悪口みたいなものが聞こえたりしたときなんかに、どーんと現実が襲ってきて苦しくなるというか。そういう日が月に何度かあって、すごく自暴自棄な気持ちになっちゃうんだよなー」

「あ、それ、なんとなくわかるかも」と奈月が言った。「うちの職場にすごく太ってる女の人がいるんだけど、その人は体型に関するコンプレックスを完全に超越してるように見えるの。食べたいものを我慢したくないからダイエットはしないって言ってて、毎日すごくおいしそうに菓子パン食べてる。なんだかとっても幸せそう。彼女は不都合なことから目をそらす達人なのかもしれない」

「そうなんだよ。そういう人もいるけど、俺は違うんだ。とすると……」

「とすると」と薫が続きを引き取った。「目をそらせないなら、やっぱりこの際、きちんと向き合うしかないんじゃない？」

「ハゲと向き合うかー」雄太は天井を見上げた。「でも、こうやって話をしたら、ちょっと楽な気持ちになった。今ならできるかもしれない。でもなあ、だからって、やっぱりどうしたらいいのかわからない。とりあえず、病院に相談にいくべき？　でもなあ。うーん」

その後、これから雄太がとるべきハゲ対策について、三人で話し合いを重ねた。気がかりなのはコスト面だった。金をかけても効果が出なければ意味がない。そして、最終的に導き出した結論は、こうだった。

「プロに聞こう」

餅は餅屋。髪のことは髪のプロに聞いてみるのが一番だ。

ちょうど、薫の妻の兄が美容室を経営している。義兄は事件後もたびたびＬＩＮＥのメッセージをくれたりして、こちらを気にかけてくれていた。

翌日、さっそく義兄に連絡をとってみた。雄太が「男の美容師は髪フサフサの陽キャばかりで気がひける。女の美容師にハゲの相談なんか死んでもしたくない」と言うので、薄毛へアカットにちょうどいい美容師がいないか相談してみたところ、茨城県水戸市にスキンヘッドの理容師がいるという。店は床屋だが、安くオシャレに仕上げてくれるということで、地元の学生にも人気なのだそうだ。まさに雄太にぴったりの店に思えた。さっそく、週明けの火曜日、一番客の少ないオープン直後で予約をとってもらった。

そして当日、なぜか三人そろって休みを取り、レンタカーを借りて、薫の運転で水戸へ向かった。もちろん、三人で出かけるなんてはじめてのことだ。ドライブ中、九〇年代のJ-POPを流しながら三人で熱唱した。そのとき、薫は妙に気分が高揚して、気づいたら二人に打ち明けていた。

「例の不倫相手のために、DEENの『このまま君だけを奪い去りたい』を歌って録音して、LINEのボイスメッセージで送ったことがあるよ」と。

笑われた。

「きちい、まじきちいっす。とくに選曲、逆に神がかってる」

雄太は涙を流しさえしながらそう言った。しかし、薫はなぜだか悪い気はしなかった。おそらく、これまでの生きづら会で、たびたび二人が過去の稚拙な恋愛アプローチを披露して笑い話にしているのを聞いていたからだろう。プレゼントを渡しただけで「警察を呼びますよ」と言われただの、告白したら「勘弁してくれ」と泣かれただの、この手のエピソードはまさに枚挙にいとまがないのだ。

二人とも、真剣ゆえの行動だった。しかし、相手からしたらただの迷惑でしかなかった。そのつらさ。恥ずかしさ。罪悪感。生きづら会でただ話して、ただ笑ってもらう。ただ気持ちを共有する。二人とも、そういった話をしたあとはいつも心が少し軽くなるようだった。

しかし今の薫は、そうはならなかった。

視界が少し、暗くなる。受け取った碧の気持ちを、一度でもきちんと考えたことがあっただろうか。

久しぶりの快晴で、窓から吹き込む風は夏の匂いがした。雄太が床屋で切ってもらっている間は、近くの喫茶店で奈月と二人で待っていた。雄太がつるつる頭で帰ってくるのではないかと二人でひやひやしはじめた午後〇時少し過ぎ、カランコロンと古臭いカウベルの音とともにドアが開き、雄太が現れた。

その瞬間、二人とも言葉を失ってしまった。なにせ、なにせ……。

「とっても素敵！　超イケメン！」

奈月が甲高い声で叫んだ。人気店らしく店内は混雑していた。全ての客が何事かとこちらを振り向いた。

「うるさい！　バカじゃないの！」

雄太はこちらに駆け寄ってくると、慌ててそう言った。が、わずかにほころんだ口元が、まんざらでもない本心を表していた。

「だって、本当にかっこよくなってる。超イケメンだよ！」

「フッ。大げさだよ、奈月さんは」

確かに超イケメンは言い過ぎだと薫も思う。しかし、見違えるほど素敵になっているのは事実だった。薄毛は薄毛のままだが、清潔感が段違いなのだ。以前が残飯なら、今の雄太はおしゃれなカフェのランチだ。若い女子の前に出してもちっとも恥ずかしくない。

「一歩踏み出すだけで、こんなにもあっけなく世界は変わるのねえ」奈月がしみじみと言った。

その後は三人で事前に決めていた通り、有名な和食屋の納豆御膳を食べ、偕楽園を観光した。帰りの車内で、雄太と奈月は子供みたいに口をあけて眠りこけていた。

事故があったらしい。道はかなり混雑していた。夜空の下でまたたくいくつものテールランプ、あちこちで鳴るクラクション、車を降りて立小便をしだす男。懐かしい、とふいに思う。家族で出かけて、こうして渋滞にハマるといつも脳出血を起こしそうなほどイライラした。助手席で狸寝入りする妻の横顔。その眉間に刻まれた深いシワ。いつもきれいに塗られた爪。思い出すのは妙なことばかり。

その日以降、雄太は明らかに変わった。

仲のいい友達と一緒に服を買いに行ったり、カップリングパーティに参加したりするようになったのだ。前から友達と出かけることはたまにあったが、その辺で飲んだくれているだけだった。風呂にも毎日入るようになった。以前は三日も四日もシャワーを浴びないことがザラだった。

八月半ばのある夜。夜勤に出かける薫に、雄太が「買い物がある」と言ってついてきた。明日の朝用の米が足りないことに気付いたらしい。

アスファルトから、さっきまで降っていた雨の匂いが立ち上っていた。この匂いをかぐと、子供のときに家の裏の雑木林で見つけたアマガエルのことを思い出す。

「いつの間にか夏も終わりだね」隣を歩く雄太に、薫はそう言った。

「そうっすね。俺、この夏に遠出したのって水戸だけっすよ」

「今週は生きづら会だよね。次のテーマは『怒り』だっけ？　奈月がしつこく希望してるやつだよね。あいつ、そんなに腹の立つことが多いのかな？」

ははっと雄太は笑った。「最近気づいたけど、あの人、結構気の短いところありますよね」

「あるある。そういえば、前回の『性の目覚め』は面白かったなあ。奈月の話は最高だったよね。家の近くにあったエロ本の自販機の前を千往復した話。思い出しても笑える」

「薫さんは次回のテーマ決めのとき、『人生で一番つらかった失恋』っていつも書いてますよね。でも、全然あみだくじ当たらないっすね」

そうなのだ。本当にちっとも当たらないのだ。あまりにも当たらないので、このところくじ係の奈月のいかさまを本気で疑い出している。

「何か……過去の失恋で特別に話したい思い出でもあるんですか？」

「うん……まあね」

「最近、生きるのが楽しいんすよ」

唐突に、雄太が言った。

「いや、全然恋愛とかうまくいかないし、生きづらいままだし。なんか、状況は何にも変わってないんですけど、でも、なんか、なぜかわからないけど、楽しいっす」

なぜかわからないと雄太は言うが、薫にはわかる気がした。

薄暗い部屋の中、キャンドルの炎がゆらゆら揺れている。奈月が「それでは今日の生きづら会をはじめます」と宣言してから、すでに十分が過ぎた。雄太が入れたアイスミントティーの氷は、もうだいぶ溶けてしまった。

「ねえ、薫兄ちゃん。やっぱり本来のテーマの『怒り』に戻す?」

沈黙を破って、奈月が言った。薫は無言のまま、膝の上の自分の拳を見つめていた。

ついさっき、会の冒頭で、薫は思い切って二人に頼んだのだ。

「今日のテーマを変えてほしい。あみだくじが一生当たらない気がする。自分の失恋の話がしたいんだ。というか、例の不倫のことを聞いてほしい」

しかし、いざ話そうとすると頭が真っ白になってしまった。何をどう説明すれば、二人に誤解されずに済むか。あれはセクハラではなかったと、恋愛だったと、二人にどう話したら、正しく理解してもらえるか。

「よし! やっぱりテーマを『怒り』に戻します!」奈月がパンと大きく手を叩いて言った。「じゃあ薫兄ちゃん! 今までの人生で一番ムカついた話をしてください! はい! どうぞ! はい!」

奈月は続けてパンパンパンと手を叩いた。薫は顔をあげ、奈月の目を見る。

「はい! はやく!」

「今までで一番ムカついた話」薫はそう、口の中でもごもご繰り返した。

「そうです! ムカついたことならなんでもいいよ。犬の糞を踏んだ話でも、何でも。はい! どうぞ! 5、4、3……」

「妻が……」

自然と、その単語が口をついて出てきた。俺の怒り。妻の顔、言葉。そのとき、気づいた。自分が話したかったのは碧のことじゃなかったんだと。妻のことだ、と。

薫は語りはじめた。

「『この人みたいに淡泊でつまらない人が、不倫なんかするわけがない』って言われたんだ、妻に。病院の理事や弁護士がいる前で。不倫相手からセクハラで訴えられることになって、その話し合いをしているときのことなんだけど。

その集まりでの議題は、そもそもどうやってセクハラを否定するか、ということだった。俺は、不倫は認めていたから。俺が医師という立場を利用して関係を強要したという、相手の主張は正しいのか。同意の上での関係ではなかったのか。そういうことを話し合う場だったんだ。でも、とにかく妻がヒステリックになってしまって、全然、話が進まない。『この人が不倫なんかするはずがない、ましてセクハラなんてありえない、相手の女は大嘘をついている』ってみっともなく取り乱しながら叫んでて、本当にもう収拾つかなかった。

『この人はすごく淡泊な人なんです』とか、『結婚前、付き合ってたときから性的なことに全く興味がなくて、同性愛者かもしれないって周りに相談してたぐらい』とか、『結婚後も全然夫婦関係はなくて、子供をつくるために数回した程度』とか。そういうことを恥も外聞もなく一方的にまくしたてて、誰の言葉にも全く聞く耳を貸さない。淡泊、淡泊ってやたら言っててさ。今でもその言葉は大嫌いだよ。その言葉を妻が言うたび、怒りが腹の中でどんどん膨らんでいって。この場で殴ってやれたらどんなにいいだろうかって本気で思った。後から考えたら、俺は、妻をこらしめてやりたかったんだと思う。そのためには、碧……その……不倫相手との関係を、妻に、証明してみせるしかなかった。

その頃、不倫相手は、俺とのことで精神的に病んで仕事を休んでて。俺は、禁止されていたのに、彼女の家にいってしまった。

平日の昼間だった。火曜日だったな。昼過ぎで、雨が降ってた。何もかも覚えてるよ。何十分もインターホンを鳴らし続けてさ。やっと出てきてくれた彼女はやつれきって、泣きはらした目をしてた。髪の毛をピンク色のゴムで一つにしばってたこと、着ていたTシャツの柄と靴下の色、全部覚えてる。

玄関でもまた三十分ぐらい押し問答して、やっと室内に入れてもらえた。使い古したちゃぶ台越しに向かい合って話した。二人でそんなふうに話したのは、あのときが最初で最後だったな。

彼女の言葉のすべてが、俺にはショッキングすぎて、断片的にしか覚えてないんだけど、だいたい、こんなようなことを言ってた。『先生は自分にとって雲の上の存在だから、最初に車で体を触られたとき、怖くてさからえなかった』とか、『ずっとやめたかったけど、話をきいてもらえなかった』とか、『友達に不倫をやめたいって相談したら、それは不倫じゃなくセクハラだよって教えられた』とか。

その友達っていうのは男なんだよ。家族ぐるみの付き合いをしてる幼馴染とかで、しょっちゅう彼女に電話をかけてくるやつで。そいつが俺をハメようとしてるんだって、そうとしか考えられなくなった。そいつさえいなければこんなことにはならなかった、そのことで頭の中がいっぱいで。そのときふと、彼女が言ったんだ。

『先生に、ずっと聞きたかったことがある』って。彼女が妻に電話したとき、『うちの夫は性に淡泊だから女に手を出すはずはない』と言われた、と。でも、彼女のしってる俺は、淡泊なんてものじゃない。

『どっちが本当の先生なんですか』って。

そのとき、自分でもよくわからない感情にとらわれた、というか。ああいうふうに、取り乱す、っていう反応が自分の身に起きたことが、今までの人生で一度もなかった。気づいたら嫌がる彼女を、そう、嫌がってた、彼女は嫌がってたんだ、そんなにはっきり抵抗されたわけじゃなくて、いつもそうだったから、いつも彼女は、やんわり拒絶した。俺は、女性なら体裁を保つためにそれぐらいの拒絶はしてしかるべきだし、そこを強引にいくのが男だと思いこんでたんだよ。とにかく俺は、そんな彼女の体を強引に、ベッドに押し倒した。

服を脱がせている途中で、彼女が『生理中だから』って言った。だから、最後まで行為はせず、途中まで、その、いわゆる挿入行為はせず、途中まで彼女にさせて、その様子をスマホで撮影しようとした。

妻への証明のためだった。うん、そう、俺は証明したかったんだよね。俺は淡泊な男じゃない、決して。家族を養うために黙々と働くだけのロボットでもない。一人の女性と熱烈に愛し合うことのできる、男らしい男なんだと、妻に知らしめてやりたかった。

でもその後、服を脱がしているときに弾みで彼女をベッドから落として、頭をテーブルにぶつけて怪我をさせてしまって、目的は完遂できなかった。そこではっと我に返って、手当もせずに、逃げた。

幸い、ケガは軽症で済んだよ。でもこの行動のせいで逮捕されることになった。当然だと思う。俺がやったことは、犯罪だ。

誤解でも行き違いでもなんでもない。俺は、今までずっと認められなかった。俺がしていたのはあくまで恋愛であって、セクハラでも、まして犯罪なんかじゃない。彼女を愛していたから、すべて愛ゆえの行動だったんだって、信じ続けてた。違うよね、俺は、加害者だったんだよね」

その後、スイッチが切れたように薫は黙り込んだ。雄太と奈月が二人で何かこそこそ話していたが、あまり耳に入らなかった。その間に生きづら会はお開きになった。雄太がホットのミントティーを淹れ直し、手作りのアップルパイをテーブルに並べた。

アップルパイは小さな円形で、中心部が網目になっている。その網のところをフォークでつついてみると、サクッと音をたててパイが崩れた。その瞬間、甘い香りがふわっと鼻先を漂い、薫は一口食べずにはいられなかった。りんごのフレッシュな甘みと、シナモンのほのかな刺激が口に広がる。

「こんな手のこんだもの、いつ作ったの」奈月が聞いた。「すごくおいしい。お店のものみたい」

「たいしたことないよ。パイは冷凍シート使ったし。今日の昼にささっと作ったよ」

毎度、生きづら会の終わりに食べるスイーツを、薫も奈月もとても楽しみにしていた。とくに奈月は、普段の食事は残してばかりなのに、雄太の手作りスイーツとなると、あまった分までぺろりと食べてしまうこともある。

「……あの、奈月はさ」ようやく薫は口を開いて、姿勢を正した。そして、あたたかいミントティーで喉を潤す。「俺の話を聞いて、不愉快じゃなかった？」

「え？　どういう意味？」

「女性として、俺のことを気持ち悪いと思わない？」

「うーん」と奈月は難しい顔で黙り込む。「……まあ、自分が実際に被害にあったら恐怖かもしれない。でも、この会では、どんなエピソードが飛び出しても、否定したり非難したりしたくない。それをやったら、この会はもう終わりだから」

「そうだね、ありがとう」薫はささやくようにつぶやく。「あの、話しながら気づいたことがあるんだけど。俺はずっと、過去の不倫のこと、あ、いや、セクハラと事件のことに、きちんと向き合わなくちゃいけないと思ってた。反省しなくちゃいけないって。ここで話すことで、向き合えるんじゃないかと思ってた。それはでも、今改めて考えてみると、最終的には彼女と和解することが目的だったんだよね。いつか会って謝りたい。もう一度会えたときのために、彼女に許してもらえる自分になっていたい。そんな自分本位のことばかり考えていた。もちろん今後も反省は必要だけど、それとは別に、俺は、もっと家族のこと、というか妻との……」

そのとき、そばにおいてあったスマホがブブっと震えた。ショートメールだ。

「あ、きっと妻からだ」

「え、妻の話をしてたら、妻から連絡？」奈月が自分の頬を両手で挟んで言う。「それって生霊～」

薫は笑いながらメールの内容を確かめた。それは、妻からではなかった。泥棒からだった。

◆

想像したよりずっと苦いコーヒーをすすりながら、近藤茜《こんどうあかね》は隣のカップルの会話に耳をそばだてていた。男のほうが女に対し、暗号資産運用の勧誘をしているようだった。

「2025年には消費税が20パーセントになるって言われてるんだ。それってどういうことか理解できる？　例えば……」男は今どきのラグジュアリーカジュアル系のファッションに身を包み、まっ白でつるつるの頬をしている。女はピンクのフリフリワンピースにツインテールのいわゆる量産型。週末の新宿。薄暗い地下の喫茶店。感染防止パネル越しにちらちらと二人の様子を眺めながら、まるで絵に描いたような都会の景色だ、と茜は思う。

そのとき、さっと目の前に人影がよぎった。

「茜ちゃん、元気そうだね」

彼はそうつぶやくと、優しく微笑みながら茜の正面に座った。

そのたった数秒間で、この人にとって別居は人生の光明だったのだと茜は確信した。こんな感じのいい笑顔は見たことがないから。一方、中学時代からの親友にとっては、人生最大の失敗であり屈辱であり汚名であるようだけれど。

「何をニヤニヤしているの？」

薫に聞かれ、茜は「なんでもない」と首を振る。

店員がくると、薫は迷いもせずハーブティーを注文した。カフェインを控えているそうだ。店員が立ち去ってすぐ、茜は単刀直入に用件を告げた。

「薫さん。わたし、今、お金に困ってるの。だから、貸してくれない？」

隣のカップルが話を止め、こちらに耳をそばだてる気配がした。さっきとは逆の立場になったらしい。構うものかと思う。

「百五十万円、早急にほしい。でももらえるなら、十万でも二十万でも」

この男に遠回しな表現で何かを伝えようとしても、絶対にうまくいかない。二人の結婚以来、親友にさんざん聞かされ続けた愚痴話から、茜は十分に学んでいた。

「どうして金がいるの？」

「今日子《きょうこ》から事情聞いてない？」

「聞いてる」薫は素直にそう言った。

「やっぱりね。あなたのところにも茜がお金借りにくるかもしれないから、気をつけてね、なんて言われた？」

「茜ちゃん、何か話したいことがあるなら、聞くよ」

茜はしばし口をつぐんだ。そんなことを彼から言われるとは思っていなかった。

「話したいことなんか、何もない。ただ、お金を貸してほしい」

「金はないよ。嫁さんもそう言ってたでしょ」

「本当にお金ないなら、なんでスーパーのアルバイトなんかしてるの？　医者に戻ればいいのに」

その目が少し泳いだ。

「今日子が言ってたよ。あの人、わたしを苦しめるために、わざと医者に戻らないでスーパーの店員なんかやってるって。あれはわたしへの嫌がらせだって。ねえ、本当は今日子に言ってないお金、あるんでしょ？　内緒にしておいてあげるから……」

「そうかもしれない。うん、きっとそうだ」

自分に言い聞かせるような口調だった。

「え、お金あるの？」

「いや、そうじゃなくて。嫁さんの言う通りだと思う。俺はあいつを苦しめるために、医者の仕事に戻らずにいる。そう、そうなんだと思う」

茜はまた黙った。意外だったのだ。今日子の言葉を、この人が認めることがあるのか、と。

注文からだいぶたって、ハーブティーが運ばれてきた。薫は口をつけず、その代わりにスマホを操作して、茜に画面を見せた。

ネットバンキングのアプリ画面だった。残高1830020円。

「これが今の俺の全財産。もともとあった金は、あのときの和解金を支払ってなくなった。株は全部嫁さんが売って、家のローンの支払いに充てたって聞いた。今、十八万もあるのは、昨日バイトの給料が入ったばかりだから。このうちの五万を自分の生活費にして、あとは全部、嫁さんに送金する。だから、茜ちゃんに貸せるお金はないんだよ。ここのお茶代を払えるぐらい」

隣のカップルが席を立った。会計は割り勘にするようだ。間をおかず、すぐに新たなカップルが現れて着席する。今度はどちらも真面目な大学生風。マスクを外しながら「はじめまして」と言い合っている。

茜は苦すぎるコーヒーの残りを一気に飲み干した。そして「じゃあ、ごちそうさまでした」と言った。

新宿駅で、茜はあっけなく迷子になる。

目指すべきは副都心線新宿三丁目駅の改札口。きたときと同じルートをたどっているつもりが、なぜか全く見覚えのない地下道をさまよっている。前にいったり後ろへ引き返したり、そのたびに誰かとぶつかって舌打ちをされる。

「めったに電車に乗らないから、切符の買い方すらわからなくって」

何週間か前、仕事先で誰かにそう話したのを思い出す。たった一度の出来心で、あっけないぐらいの転落ぶりね、と自分で自分を笑う。

出来心。

途方に暮れる。地下道は薄暗く、黴臭く、何か巨大な乗り物の入り口のようだった。壁に手をつき、立ち止まる。そのまま、よりかかるようにして立ち尽くしてしまった。

出来心。

――茜ちゃん、何か話したいことがあるなら、聞くよ。

本当は、聞いてほしかったのかもしれない、と茜は思う。やったことの中身は違うが、同じ〝出来心〟で人生を台無しにした彼に。いろいろなことを。自分のことを。お金なんて、本当はどうでもよかった。

でも、何も話せなかった。

出来心。

来月の九月十三日で、四十二歳。

自分は完璧な人生を生きている。そのことを毎日かみしめながら生きている……はずだった。華やかな仕事、外資系証券会社に勤務する年収四千万の夫、都内有名私立中学に通う二人の子供、五年前に自由が丘に建てた美しい家。ここまでたどりつけたのは、決して偶然でもまぐれでもない。今の姿を、遅くとも高校生の頃までには思い描いていた。茜のこれまでの人生は、その理想の未来から逆算しながら積み重ねてきたものといっても、過言ではなかった。

　高校時代、遊ぶ間も惜しんで勉強に励み、有名大学の指定校推薦枠を獲得したのも、大学二年のときに、アナウンサーになるために美容整形手術を受けたのも、就職氷河期という状況を鑑み、マスコミ企業への新卒入社を諦めてタレントプロダクション所属に方向転換したのも、その後、なかなかフリーアナウンサーとして目が出なかったので、仕事でのキャリアアップを一旦諦めて、結婚相手探しに注力したのも、全て逆算してはじき出した選択だ。いい大学に入れば、いい仕事に就ける。若い頃に世に顔を売っておけば、将来どんなビジネスをするにも必ず役立つ。女として最も値打ちのある二十代前半のうちに結婚相手を探せば、最も値打ちのある結婚生活を手に入れやすい。逆算はばっちりはまった。

　結婚は二十五歳。三十歳になるまでに二人目の出産を終えるという目標も難なく達成。その後は子育ての傍ら、昔から得意だったパン作りを学びつつ、主婦向けのファッション誌で読者モデルの活動をはじめた。

　ブログなどを活用しながら知名度を高め、三十歳のとき、はじめてパンのレシピ本を出版。以来、主婦モデル兼パンブロガーとして活動の幅を広げ、三十八歳の時には念願のブーランジェリーを中目黒にオープンさせた。

夫とはずっと夫婦円満、結婚十六年たった今でも、頻繁に二人きりでデートに出かける。夫は決して見た目のいいタイプではないが、愛情たっぷりに育てられた人特有のポジティブさを持った、素晴らしい人だ。だから、彼を選んだ。「あなたの旦那さん、いつも笑ってるね」と何度言われたかわからない。

息子も娘もとてもいい子に育った。嫁姑の仲も信じられないほど良好だ。

学生時代から付き合いのある女友達は何十人もいるが、ほぼ全員、人生に大なり小なりの困難を抱えている。上司にパワハラされて精神安定剤が手放せない、十年も付き合っている彼氏が結婚を決断してくれない、結婚が遅かったせいでなかなか子供ができない、夫とのセックスレスが延々続いている等々。

今日子もそうだ。薫との結婚以来、茜は彼女の愚痴を聞き続けた。会話がない、夫婦生活がない、子育てに協力しない、挙句の果てには、勤務先の准看護師にセクハラで訴えられた、ときた。

今日子は今日子なりに、計算の上で薫を選んで結婚したのは間違いなかった。医大生の彼氏を作るためだけに、医大の隣にある女子大に進学し、薫と知り合った後は結婚に向けて全精力を注いでいた。

しかし茜からしたら、その計算は甘いと言わざるを得なかった。薫は学生時代から、明らかにいくつかの不安要素を抱えていた。両親との不仲、内気すぎる性格、男友達の極端な少なさ。今の結果は必然ともいえた。

「なんで、こんなに何もかもうまくいかないんだろう」

友人たちは、今日子も、茜の前でよくそんなことをつぶやく。茜は心の中だけで、それは逆算をしてこなかったからだよ、と答える。完璧な人生は、突然空から降ってはこない。逆算しながら積み上げていくことしかできないのだ。

「なんで、茜はそんなに何もかも順調なの？」

彼女たちはそんな言葉もときどき口にする。そのたびに、心があたたかくてふわふわの毛布でくるまれたような感覚を覚える。自分の人生の完璧さを実感できて。とても幸せな気持ち。

それなのにどうして。

時計を盗んでしまったのか。

そしてその時計を、目黒川に投げ捨てたのか。

悠木華子《ゆうきはなこ》の存在に、なぜ、あそこまでおびえてしまったのか。

雑誌の企画で短期開催したパン教室の生徒として、華子は茜の前に現れた。今年のはじめのことだ。「実は息子さんとうちの息子、スイミング教室同じなんです」と最終日に声をかけられ、その場で連絡先を交換した。

その時点では、華子のことを専業主婦だと思っていた。平日の真昼間に開催していたその教室に、まっとうな勤め人は参加しない。ところが、自分のブーランジェリーのカフェスペースではじめてお茶をしたとき、彼女が人気ジュエリーブランドの専属デザイナーだと判明した。

　嫌な予感。

　排水口からぞろぞろ湧き出す黒い虫のように、彼女の口からあふれてくる、不愉快な情報が。母は脚本家、父は芸能プロダクション社長、伯父は大学教授、祖母はエッセイスト。ハワイ生まれ、白金育ち。今の住まいは品川のタワーマンション。子供は三人で全員中高一貫校通い、夫は開業歯科医。

　その程度の経歴の知り合いなら、周りにいくらでもいる。しかし、どんなに恵まれている人でも、一つぐらいの悩みや苦しみを抱えているものだ。茜はそれを、いつも巧みにあぶりだす。セックスレス、子供の反抗期、実母が毒、ＰＴＡでの揉め事。

　誰にだって何かある。しかし、華子には何もなかった。

　華子の自宅のリビングからは、晴天に恵まれると富士山が見える。そこに鎮座するヒグマの背のように巨大なソファにごろんと寝転がり、あるとき彼女は茜に向かって、こう言った。

「わたし、悩みってないんだよねー。両親はすばらしい人たちで何不自由なく育ててくれたし、夫ともラブラブだし、子供もみんなすくすく育ってくれたし、さらに好きなことを仕事にできて、しかも超順調で。ほーんと、わたしって恵まれてるなーって思う。みんな大変よね、いろいろ悩みがあってさあ。わたしなんてろくに努力もしてないのにこんなラッキーに生きちゃって、世の中ほんと不公平だなって思う」

ハハハと笑って、そのあとこう付け足した。「こんな話、茜さんにしかできないよ」

その瞬間。

殺してやろうかと思った。

しかし、さすがに殺しはできない。だから思い切りぶん殴ってやるか、それともほかのことをするか。よく考えたら暴力もやはり体力的に厳しいので（華子は水泳の元日本代表だ）、彼女がマリアージュフレールのアールグレイを淹れてくれたときに外し、ダイニングテーブルに置きっぱなしになっていたダイヤモンドウォッチを盗むことにした。夫から十回目の結婚記念日に贈られたものだと知っていた。時計を盗ってすばやく自分のボリード31につっこんですぐ、「用事を思い出した」と間抜け極まりないセリフを口にして、茜は華子宅を辞した。

小雨が降っていた。アスファルトがぬらぬらとゴキブリの背中みたいに黒光りしていた。よくわからない気持ちであちこち歩き回った。気づくと目黒川沿いにいた。そこで信じがたいことに犬の糞を踏んだ。履いていたのは新品のマロノブラニクだった。目黒川沿いのマンションには金持ちしか住んでないんじゃないのか。少なくともこの川沿いで犬を飼って暮らすには、それなりの年収が必要だろう。そんな人間が、犬の糞を放置するのか。ふざけるんじゃない！

川に向かって時計を放り投げた。

計算外だったのは、華子宅のリビングダイニングには、監視カメラが設置されていたことだ。

「前にお手伝いさんがジュエリーを盗んだから」

両夫婦同席のもと行われた話し合いで、華子はそう言っていた。

彼女のダイヤモンドウォッチは銀座のハリー・ウィンストン本店で約八百万円で購入したものだという。一カ月以内に同じものを入手して返却するか、難しければ時計代に慰謝料を足した一千万円を支払うかしなければ、警察に被害届を出すと言われた。

茜個人の貯金は百万と少しだけ。株をすべて売っても焼け石に水だった。借金は把握していない。浪費のせいだ。だから夫に出してもらうしかない。夫なら、全て許してくれるはずと茜は強く確信していた。こういう不測の事態に備えて、人格者の彼を選んだのだ。逆算。それがここでも効いてくる。

はずだった。そうはならない。

「俺は一銭も出さない。自分でどうにかしろ」

華子のマンションの地下駐車場で、彼は妻の目も見ずにそう言った。そして一人でさっさとメルセデスに乗り込むと、猛スピードで去っていってしまった。そのときの、タイヤがコンクリートをこする不快な音が、いまだに耳にこびりついている。姑の反応も夫とほとんど同じだった。

華子は顔が広い。被害届は一カ月猶予すると言ったが、噂を拡散することは一日足りとも待ってはくれなかった。話し合いがあったのが、今から約二週間前。この短期間で、雑誌の連載が二つ、理由も言われず打ち切りになった。クリスマス前に開催予定だった料理教室もコロナを理由にぽしゃった。

万事休す。

打つ手なし。

どうせ、わたしの人生なんて。

地下道の壁に頭をもたせかけて、茜は思う。

こんな人生、もっと前にぐちゃぐちゃに破綻していたのだ、と。高校生のときに思い描いた理想の未来など、ただのかきわりに過ぎなかった。カッチカチの椅子に座って、五百円のチケットで見る安い芝居のかきわり。下品でろくでもない芝居、下品な人生。

「ねえ、茜ちゃん」

背後からふいに名前を呼ばれ、手首をつかまれた。驚きのあまり、茜は「わ！」と叫びながら腰を抜かしそうになった。その声は地下道にこだまのように響き渡る。しかし、行きかう人は何事もなかったように通り過ぎていく。

「ごめん、驚かしちゃって」

「ああ、薫さんか、びっくりしちゃった」

「ここで何してるの？　君、西新宿いくの？　新宿三丁目なら方向全然違うよ」

「えっ嘘」

薫の顔を見たまま硬直してしまった。マスクをずらした口から、ほんのりとニンニクの匂いがする。甲州街道沿いにあるラーメン屋に寄ってから帰ると別れ際に話していた。ということは、彼がラーメンを食べて戻ってくるまでの間ずっと、自分は地下道をさまよい歩いていたということか。

バカみたい。茜は笑った。

「あーでも、ちょうどよかった。君に連絡しようと思ってて」薫は言った。

「あ、お金ならもうどうで……」

「もしかして、やっぱり本当は何か話がしたかったんじゃない？」

「いや、別に」茜は意識してきっぱり、はっきりと答えた。「話したいことなんか何一つない」

「そっか。あの、今週金曜の夜は暇？」

そう言って、子供みたいに無邪気な笑顔になった。前歯に青ネギが挟まっていた。

「お金の件は、解決したから」

九月第二金曜の晩、北千住駅まで迎えにきてくれた薫に、茜は言った。

「旦那が払ってくれた」

その代わりに、離婚を言い渡されていることは口に出せなかった。

謎の組織「生きづらさを克服しようの会（略して生きづら会）」の会合に誘われたものの、今日の今日まで参加する気はさらさらなかった。今、茜が北千住にいるのは、夫ともう何度目かわからないケンカをしてついに家を追い出され、ほかに行く場所がなかったからだ。

「海外のドラマとかでよく見る、アルコール依存症患者のミーティングみたいな感じの会なんでしょ？」横に並んで歩く薫に茜は聞いた。「ということは、わたしは別に、何も話さなくても聞いてるだけでもいいんだよね？」

「いいよ」

「どうしてわたしを誘ってくれたの？」

「なんとなく、君は雰囲気に合いそうな気がしたから。それに三人より四人のほうが楽しいだろうし」

茜は少しむっとした。ほかの二人は人づきあいが苦手で友達が一人もいないアラフォー女と、非モテ系アラサー男子と聞いている。

そんな二人と、このわたしの雰囲気が合う？

徒歩十分ほどでその家に着いた。古いがかなり大きな家だった。平屋でなく二階建てだが、サザエさんの家をなんとなく連想した。資産価値はどの程度だろうかと頭の中で計算しつつ、薫の同居人達に茜は愛想よく挨拶した。

「それでは、今日の生きづら会をはじめます」

リビングのローテーブルに四人そろうと、孤独なアラフォー女、奈月が言った。

明りは買ったばかりだという安っぽい間接照明一つと、テーブルの上のアロマキャンドル。飲み物はローズヒップティー。「会のあとはおいしいスイーツがありますよ」と奈月が妙になれなれしく話しかけてきたが、こんな夜更けに糖分など摂りたくないので断るつもりでいた。

「とりあえず、茜ちゃんは今日は様子見ということで」薫が言った。「さて。今日は奈月の希望テーマの『怒り』ってことでいいのかな。奈月は怒りについて、何か語りたいことがあるの？」

奈月はそう話をふられ、すぐには答えず、ローズヒップティーを二口、三口、ゆっくり飲んだ。

「あの……わたし自身は、あんまり怒らないほうだと思うんだけど。逆に人の怒りをよく買ってしまう、というか。職場でも一日三回、いや、五回は怒られてる。怒られるともっともっと怒られるのが怖くなって、すると行動が空回りしちゃって、さらに他人をイライラさせる悪循環。人生、これの繰り返しって感じ。仕事だけじゃなくて、買い物にいけばレジの人に『そこに荷物おかないでください!』って怒られるし、美容院にいけば『揺れないでください!』って怒られるし。そういえば結婚相談所でも『年下希望ってなめてんすか?』とかよく担当の男の人に怒られてたな。

人の顔色を見すぎるのがよくないって、自分でもわかってる。そういう態度をとればとるほど、相手はこっちをなめてきて、強い態度をとってくるっていうのもわかってる。でも、他人の機嫌を損ねてしまうことが、すごく怖い。ちょっとでも気まずい雰囲気になったり、変な沈黙になったりするとすごくドキドキして、ちゃんと話せなくなる。自然に会話できるのは、この生きづら会ぐらい、本当に。

前も話したけど、青森から転校してきて、ずっといじめられてたでしょ。あの経験がトラウマになっちゃって、人が自分をどう思ってるかっていうことに敏感になりすぎてるのかも、と自分では分析してるんだけど。まあ分析したところで、どうにもならないんだよね。

ずっとね、生きづらいのは、友達も恋人もいない、孤独な日々のせいだって思ってた。だから、友達が一人でもできれば、生きづらさも軽減するはずって。でも、それは違うかもしれない。なんというか、この孤独は生きづらさの副産物みたいなもので、もっと根っこの部分にある問題は……。

人の怒りが怖い。怒られたくない。その思いが強すぎること……なのかな？　もうさ、わからないんだよね。わたしは人の言葉を、すごく重くとらえすぎてるだけなのかな？　よく怒られるって思ってるのはわたしの考えすぎ？　気にしすぎなのかな？　自分では、もうよくわからなくって。

さらによくわからないのは、そもそも怒りってなんだろうってことなの。なんでみんな、そんなにやたらとイライラしたり、乱暴な態度になったりするんだろう。それをされたときの相手の気持ちとか、考えないの？

だから、逆にみなさんは、どんなときに怒るのか聞いてみたくて。そうじゃなくても、忘れられない怒りというか、そういう話も、聞いてみたいな」

全員、黙り込んだ。こういう場合、何か言ってもいいのだろうかと茜は逡巡する。そのとき、薫と視線がかちあった。その暗い目が、今は何も言うなと告げている。気がした。

だから茜は、心の中だけで語ってみた。

「うーん、わたしも怒ることって、あんまりないかなー。怒りっていうのはさ、やっぱり精神的な余裕に左右されるものだと思うわけ。要するに、余裕のない人ほど怒りやすい、怒りの導火線が短いってこと。そして、その余裕はどこからくるのかというと、やっぱり経済的な豊かさや充実した人間関係、要するにいかに人生に、生活に恵まれているかが重要なわけで、となるとわたしの場合……」

　そのとき、誰かの咳払いの音に、脳内語りを中断させられる。

　薫だった。

「あんまり、今夜の趣旨にあってるかわからないんだけど。今の話を聞いていて、思い浮かんだことがある」

　薫はそう言うと、胡坐から正座にかえた。まるでパワハラ上司にこれから説教でもうけるかのような悲愴な顔つきをしている。

「それは、父親のことなんだけど。これといったエピソードがあるわけじゃなくて、とりとめのない話になるかもしれない。だけど実は、怒りっていうテーマを奈月が提案したときから、頭の片隅にあった気がするんだ、父親のことが」

　それから語られた薫の話は、凄絶だった。

「まあいわゆる、昭和の親父だよ。仕事はもちろん医者。開業内科医。俺に対する教育方針はただ一つ。医者になれ。それだけ。それ以外のことは全て無駄。自由にさせてもらえたのは幼稚園までだったたな。幼稚園まではのびのび育てるべきって考えだったみたい。何の根拠があるのかわからないけどさ。小学生になってから、懐かしさのあまり、園児の頃のことを何度も何度も、本当に何度も思い出していたせいか、今でもいろいろなことが記憶に残ってる。

夏祭りにいって金魚を三十匹ぐらいすくって大はしゃぎしたこととか、冬に新潟に住む親戚のところにいって、かまくら作って遊んだこととか。あ、そうそう、伸二おじさんのところ。あそこ、毎年雪がすごいよね、奈月が生まれるとき、2メートル近く積雪したんだよ。まあ、そんなことはともかくね。そういう牧歌的で幸せな日々は、小学校に入学すると同時に幕を閉じた。

小学校の入学式から帰ってくると、いつも通り裏庭で遊ぼうと外に出た。うちの裏庭、当時はちょっとした雑木林になっててさ。野鳥や昆虫がいっぱいいて、一日中いても全く飽きなかった。ランドセルを放って服を着替えて、裏庭に出て数分した頃かな。隣にあったクリニックから親父が白衣着たまますっとんできて、いきなり張り手を食らわされた。

ものすごく大きな手で思いっきり叩かれて、体が何メートルもふっとんだような感覚がした。『帰ったら勉強しろと言っただろ』って親父は鬼の形相になって怒鳴った。確かに言われてたんだ、小学校に入ったら、毎日家で勉強だぞって。でも、遊んではいけないと言われてたわけじゃなかったし、毎日勉強っていっても、何をするのかよくわかってなかったし。俺は親父に向かって、何かを言ったと思う。何を言ったかは忘れたけど、何か言った。するとまた引っぱたかれて『言い訳をするな!』と怒鳴りつけられた。そのときの、親父の血走った眼つきは忘れられないね。あんな顔をする人だとは思ってなかった。それまでと、まるで別人だった。

その日から、地獄のはじまり。楽しいことは全部消えてなくなった。起きている時間は食事と排泄以外は全て勉強。姉とはその頃から部屋を分けられたんだけど、ある日親父が、工具を持ってきて俺の部屋のドアに四角い穴をあけた。縦五センチ、横十五センチぐらいの穴。勉強をサボっていないか、確かめるためののぞき穴だった。

勉強中、ふと振り返るとそこに親父の目があるんだ。あるときなんとなく、その目をじっと見つめてみた。小学校五年か、六年のときだったかな。自分でも、どうしてそんなことをしたのかわからない。のぞき穴から見える親父の目が、だんだん赤く充血していくんだよ。それから突然、ドアが開いて、顔面を拳で何度も殴りつけられた。

そういう日々が中学生ぐらいまで続いた……かな。そうだ、中三の夏休みに身長が一気に二十センチぐらい伸びて、それから暴力はふるわれなくなったね。

でもね、この程度のことは、俺ぐらいの世代にはよくあることだったんだよ。男は殴って育てるものだって公言してる大人がたくさんいたし、親父もきっと、そう育てられたんだろうと思うし」

薫の話はその後も続いた。父親の母校でもある東大への入学を熱望されていたが、期待に応えられなかったこと。私大医学部を経て医者になった後も、東大受験失敗が尾をひき、父親とは断絶状態が続いていること。

「なんか、大変だねー」

茜は言った。三人の視線が自分に集まる。

「薫さんの話聞いて、びっくりしちゃったー。そんな家、本当にあるの？　わたしたちってほぼ同世代だけど、そんなわたしからしても、暴力的で支配的な父親、いわゆる家父長制的な家庭っていうかな？　そういうのってドラマとか映画の中だけの話かと思ったー。でも、実際にあるんだね。勉強になったわ」

なぜ、こんな話をしてしまうのか自分でもわからなかった。三人の顔がまともに見られなくて、だから、壁にかけられたカレンダーを茜は凝視していた。それは２０１８年7月のカレンダーだった。カバが水浴びをしている写真。

「うちは薫さんのところとは真逆だわ。なんでも話し合いで解決したし。父は社会学の教授で、母も結婚前は小学校教師をやってたから、ほかよりも進歩的な考えの家庭だったのかも。親だからって一方的に何かを押し付けることもなく、わたしの意見をいつでも尊重してくれて。進路も自由に決めさせてもらえたし……」

これ以上、みっともない醜態をさらすべきじゃない。わかっている。なのに、どうして。わたしはどうしてこうやって、自分のほうが優位だと、自分のほうが恵まれているのだと、豊かなんだと、幸せなんだと、相手にアピールしなければ気が済まないのだろう。ママ友たちの間でなんと呼ばれているか、茜はもちろん知っている。

マウント取りクソババア。

茜はふいに口をつぐんだ。

急に話すのが嫌になった。とてつもなく、心底、死ぬかと思うほど嫌になった。だから口を閉じた。

カレンダーから、三人の顔に視線を移すことができない。カバの濡れた皮膚。どんな表情をしているのか手に取るようにわかるからだ。「こいつまたやってんな」って顔。「またマウントとって悦に入ってるな」って顔。今まで嫌というほど見てきた。

「明日、子供のスイミングの試合があるから、もう帰ります」

茜は唐突にそう言って、立ち上がった。そして誰かが玄関に見送りにこないうちに、大急ぎで駆け出し、北千住の家を出た。パンプスをつっかけた足がすぐにけつまずいてアスファルトに手をついた。この家にも、北千住にも二度とこないと思った。

思っていたのに、二日後には再びきていた。

夫とケンカして家を追い出されたからだ。

「寝床はもうリビングしか残ってないけど、それでいいならいつでも泊まりにきていい」と薫には言われていた。家事担当の雄太が行政書士だかなんだかの資格取得を目指すことになり、新たな家事の担い手を求めているところでもあるらしい。

一泊だけさせてもらえばそれでよかったので、一晩だけ泊まって、翌日には帰宅した。が、三日後またケンカして追い出され、やむを得ずまた北千住にいった。その次は四日後。そんな調子で、気づいたら数日おきに顔を出す羽目に陥っていた。

家事を手伝うつもりなど全くなかったが、雄太があまりにも気の毒なので、ときどき作り置きのおかずなどを数品用意してやったりするようになった。奈月も薫も、驚くほど何もやらないのだ。薫は奈月の兄の食事運搬係であることを得意満面でアピールしていたが、やるのはそれだけで、雄太が掃除や洗濯で家中かけずりまわっていても、平然と居間で将棋ゲームをやっている。今日子はよく十年以上も耐えたなと、茜はしみじみ思った。奈月にいたっては自分の脱いだものを洗濯機に入れることすら難しいらしく、洗面台の縁に女もののパンツがひっかかっているのを見つけたときは心底ぞっとし、怒ってばかりだという彼女の上司に同情した。

そして九月が終わり、十月の晩。またしても夫と大ゲンカをした。理由はいつも通り、茜が離婚の話し合いにまともに応じないことだった。夫は調停に持ちこまず、夫婦の話し合いのみで解決することを望んでいる。が、茜は無視し続けていた。夫がなぜ、第三者を介入させたがらないのか。

女がいるからだ。

相手は都内女子大に通う二十一歳、知りあって約半年、どうやら金を渡している。相手の女はあるいは、不倫だとか恋愛だとかいった意識はないかもしれない。が、不貞は不貞だ。

茜はずっと気づかぬふりをしてやっていた。そのカードをまだ切っていなかった。夫は茜がどこまでしっているのか、疑心暗鬼になっているようだ。

寛大でおおらかな夫でいてくれるなら、女の問題は不問に付すと結婚時から茜は決めていた。男の性行動をコントロールすることなど、不可能だからだ。要するにこれも、計算のうちだった。

その晩、話し合いのためにダイニングテーブルにこい、という夫を無視して、茜は居間のソファに寝転がり、何食わぬ顔でスマホゲームをやっていた。子供たちはここ数日、世田谷にある夫の実家で過ごしている。姑が勝手に連れていってしまった。

一時間近く無視し続けたら「出ていけ！」と怒鳴りつけられた。いつもは言葉だけだが、その日は強い力で腕をつかまれ、頭にきて茜も夫の額のあたりを拳で殴りつけてやった。さらに逆上した夫がつかみかかってきたので、近所に聞こえるぐらいの奇声を発しながら暴れたら、夫が驚いてあとじさった。その隙にかけだして家を出た。

その頃になるといつでも家を出られるように、お泊まりセットを入れたトートバッグを玄関におくようになっていた（茜はそのトートバッグを北千住トートと心の中で呼んでいる）。タクシーを拾い、北千住の家の住所をそらで運転手に告げ、それから北千住トートを胸にぎゅっと抱きしめ、窓の向こうを流れていく景色を見つめる。

イタリアンレストラン、雑貨屋、パン屋。店先から漏れるあたたかい明かりが夜の街を照らす。身なりの整った人々が、うっすら笑みを浮かべながら通りを歩いている。大きな犬をつれた家族。手をつないで歩くカップル。

汚い街だ、と思う。

やがて北千住の家の前に着き、インターホンを押す。その瞬間、すべてを後悔した。思い出したのだ。今日は第二金曜日だ、と。

「では、今日の生きづら会をはじめます」

そう宣言する奈月の顔をキャンドルの明かり越しに見ながら、なぜすぐに帰らなかったのだろうと茜は自問自答する。しかも今日のテーマは「人に言えない恥ずかしい恋愛妄想」だという。いい歳した大人が一体、何を語るつもりか。前回のテーマは「本当に必要な少子化対策」だったらしい。そっちのほうがよっぽど有意義な話し合いができそうじゃないかと茜は思った。

「前回はいつもと違って語り合いというよりは議論って感じで、結構白熱したね。まあ、たまにはああいうのもいいかもね」

奈月はそう言うと、雄太が入れたばかりのオレンジカモミールティーをすするように飲んだ。

「そうだね。今日は楽しい会になるといいね」と薫。「じゃあ、誰から話す？　一番に話したい人！」

いい歳した大人たちは、恥ずかしがって誰も手をあげない。結局、あみだくじで決めることになる。茜はくじに参加しなかった。一番目に決まったのは、奈月だった。

「わたしは、ずっと思い描いているイメージがあって……」

それから語りだされたのは、いかにもモテない女が日々妄想していそうな、韓国ドラマ風、あるいはディズニープリンセス風のロマンティックストーリーだった。職場で同僚や上司にいじめられ、冷遇されきっているわたし。陰ながら努力したところで、誰も認めてはくれない、むなしく孤独な日々。そんなある日、一人の素敵な男性が現れ（高身長、色白、ヒゲ脱毛済みであると尚よし、らしい）、本人すらも気づいていなかったわたしの潜在能力を見抜いてくれて、自分の秘書に抜擢する（その能力がなんであるかは、奈月自身もいまだ思いつかないそうだ）。なんと彼は、病院オーナーの御曹司だったのである！

最後はもちろん、夢のようにロマンティックなプロポーズのエピソードでしめくくられた。めでたしめでたし。

次に語ったのは薫だった。薫の話は、一言でいえば。

奇妙。

相手は家庭的で清楚な女性。できれば年下。可能であれば二十代前半。スレンダー体型。その女性が、五人前以上はありそうなすきやきを作って、一人で食べている。もりもりと。ただし、あくまで行儀よく美しい所作で。

それを、薫は目の前で見ている。

「……え、それだけですか」雄太が聞いた。

「うん」

「すきやきじゃないとだめなの？」今度は奈月が聞いた。

「できればすきやきがいいね。ほかの食べ物は考えられないな」

「それは恋愛なの？」

耐えきれず、茜もそう尋ねた。

「わからないけど、恋愛妄想って言葉を聞いたとき、まっ先に頭に浮かんだのがそういう映像だった。すきやきをもりもり食べる女性と付き合いたいのかもしれない」

「あの、でも、前に薫さんは言ってたじゃないですか」と雄太が戸惑いながら聞く。

「例のあの准看護師の女性と、デートで食事にいったりはしなかったって。女性がたくさん食べる姿を見たいのに、なぜデートで食事にいかなかったんですか」

「一緒に食べたいんじゃないんだ。ただ、食べている姿を見たいんだ」

「つつつつつかぬことをお伺いしますが」とまた雄太。「そういう妄想をしているとき、その、性的な興奮をおぼ……あ！　いいです！　今の質問取り消し！　じゃあ次は俺ですね！」

雄太は鼻の下に汗をかきながらそう言うと、正座した太ももを両手でぺちんとたたいた。

「妄想は俺の得意分野ですからね！　まかせてくださいよ！」

その後に語りだされたストーリーは、茜にとって、聞くに堪えないものだった。

「人に言えない妄想なわけだから、本当に恥ずかしい、みっともない話を今からします。覚悟してください。

すでにこの会で白状してますけど、俺、好きになった女性を待ち伏せしたり、帰り道にあとをつけたりして、迷惑がられたり、面と向かって『警察よびますよ』って言われたことも何度もあって。もちろん自分としては、相手に迷惑をかけようとか、怖がらせようとか、そんなつもりは毛頭なく……ただ、接点を持ちたかっただけなんです。だけど、女性とどうやって接点を持てばいいのか、仲良くなれるのか、いつもよくわからなくて、つい……。

今まで言ったみたいに、大抵、大失敗に終わるわけですよ。例えば大学生のときに好きだった看護師の人は、それまで出会ったことがないくらい、優しい人で。すれ違ったら挨拶してくれるし、一度なんか、『いつも丁寧に掃除してくれてありがとう』って声をかけてくれて、もう自分にはこの人しかいない、結婚するならこの人だ、ぐらいに俺は思ってた。接点を持ちたいっていうより、むしろ相手のためにも持ってあげなきゃぐらいに考えてて、まあこれが非モテ思考ってやつです、ハハハ。

いつも、病院の裏口で彼女が出てくるのを待ってて、彼女が現れたら、偶然みたいな感じで『あ、どうも』とか話しかけて。そのまま強引に横に並んで歩いたりしてました。わかります、怖いっすよね。でもそのときの俺は、自分がどれだけ迷惑なことしてるか、全然わかってなかった。最終的には看護師長のえらいおっかないおばさんに叱られて、そのままバイトやめることになりました。

まあ、この手のエピソードは山ほどありますよ。今までこの会で何回も話してますけどね。聞き飽きましたか、ハハ。

だけど、一人だけ、待ち伏せしても、イヤな顔しなかった人がいるんです。

どういう関係かは、まああえて明言しないでおきますけど、相手はあるサービス業に従事してて、俺は客でした。外で待ってる俺に気づくと、彼女、いつも自分から話しかけてくれるんですよ。『夜道は怖いから助かる』とか言って。三回目に待ち伏せたときなんか、飲みに誘ってくれて、俺からしたら、付き合えるのかなあって、やっぱ、思っちゃいますよね。でも、その子はその後、突然いなくなっちゃったんですよ。

俺に優しくしてくれたの、後にも先にも、その子一人だけっす。もちろん、客だから無下にできなかっただけってわかってます。でも、もしかしたら、俺にいい感情を持ってたのかも、俺が店の裏口で待ってるのを、いつも楽しみにしてくれてたのかもって考えを排除できなくて……いまだにその子のことを考えちゃう……待ち伏せの妄想をしちゃうんです。

夜遅い時間、暗い道で俺は彼女が出てくるのをじっと待ってて。で、彼女が店の裏口から現れて、人影があることに気づいて立ち止まる。最初はちょっと、ビビってる感じなんだけど、俺だって気づくと、安心したように笑ってくれて、それで、嬉しそうに俺に駆け寄ってて……」

「あの、ちょっと、ごめん」

話を遮ったのは、薫の声だった。

「雄太君、ごめんね。でも、一旦ストップ。あの、茜ちゃん、大丈夫？」

そう言われるまで、自分が涙を流していることに気づかなかった。

「さすがに放っておけなくて。あの、どうしたんだろう。お腹でもいたい？　家帰る？」

「……帰らない」茜は自分でも意外なほど、はっきりとそう答えた。

「でも、何か嫌なことでもあるなら……」

「わたしの話をしてもいい？」

そう聞きながら、やっぱり三人の顔を見られず、前と同じようにカレンダーを凝視する。2018年7月。水浴びをするカバ。きっと三人は戸惑った顔をしている。茜自身も、自分の情緒不安定ぶりに動揺していた。奈月がティッシュを数枚とって、こちらに差しだしてくれた。

「ありがとう、もう大丈夫。あのそれで、わたしの、友達の話なんだけど」

茜はそう言って、語りはじめた。

「その子は小学生のときから大人っぽい子で、背も高くて、中学生のときにはもう、大人みたいだった。みんなの注目の的って感じで、わたしは彼女と同じバレー部だったんだけど、よく男子たちが体育館までその子の姿を見にきてた。いたでしょ、そういう子、一人ぐらい。

でも、彼女はいつも飄々としててね。勉強もできるほうで。だけどすごく気が強くて、よくバレー部の顧問の先生とケンカしてた。

あるときね。夏休みだった。中二のとき。うちのバレー部は厳しくて、その日も練習終わったのが遅くて、外はもう真っ暗。それなのに、仲良しだった友達は先に帰っちゃって、わたし、一人で帰らなきゃいけなくてさ。うちの中学の周辺って治安がよくなくて、夜は結構危ないっていうか、街灯も少なくて怖いのよ。とくにトタンのぼろぼろの家ばっかり並んでいるエリアがあって、そこを一人で歩くのが怖くて怖くて。でも、二メートルぐらい先で、その子も一人で歩いてて。話しかけたりはできないから、彼女においてかれないように、でも近づきすぎないようにしてた。あんまり、仲が良くなかったから。

そしたらね、ふいに角から、三人あらわれて、彼女のあとをつけはじめたの。

誰かはすぐにわかった。一学年上の先輩で、そいつらはいわゆる不良っていうか、学校内で知らない人はいないって感じの連中で。薫さんはわかると思うけど、わたしたち世代が中学生の頃は、いわゆるヤンキー、不良みたいなのがまだ少し生き残っててさ。短い学ラン着て、授業中にタバコ吸ってるような。うちの地元はとくにそんなのがいっぱい生息してたわけよ。

そのうち、その三人は彼女をとりかこんでからかいはじめたの。彼女はもちろん、無視してなんとかやりすごそうとしてた。わたしは彼らに気づかれないように、歩くのをゆーっくりにした。そしたら、道の先からずっと男たちのはしゃぐ声が聞こえてたのに、ある瞬間、ふっと何も聞こえなくなって。四人の姿も見えない。どうしたんだろうって、恐る恐る歩いているうちに、角に差し掛かって、はっとした。

その角に、電気屋があって。店自体はもう何年も前につぶれてずっとシャッターがおりてたんだけど、三人の不良のうちの一人が、その店の子供だったの。二階のそいつの部屋で、よく不良たちがたむろしてるって話だった。わたしは店の前に立ち止まって、しばらく二階を見上げてた。明かりがついてて、人の気配もした。ときどき笑い声も漏れ聞こえた。

どうしてもその場を離れられなくて、三十分ぐらい、そこに立ってた。でも結局、何もできずに家に帰った。

で、次の日にね、彼女は普通に学校にきて、あー、何事もなかったんだーって安心した。でも、それはぬか喜びで、すぐに噂が耳に入ってきた。不良の三人が広めたんだと思う。三人で彼女と順番にしたって。頼んだら簡単にやらせてもらえたって。

彼女とやりたいやつは、その三人組に頼めば手配してもらえるらしいって、クラスの男子たちが話しているのも聞いたよ。

彼女はそれでも、毎日、飄々としてた。成績も全然下がらなくって、都内でも上位の高校の推薦もらってた。バレー部にも引退までいたよ。

卒業したあとも、いろんな噂が聞こえてきた。高校でもモテモテらしいよ、とか。どこそこ大学に入って、ミスコン出たらしいよ、とか。

でもね。彼女、二十歳のときに、自分で命を絶ってしまった。

わたしは、ずっと思ってる。あのとき、二階で何かが行われているとき、わたしが何か行動していたら。そしたら彼女は死なずに済んだかもしれない。ずっと忘れられない」

そこではっと、茜は口をつぐんだ。なんでこんな話をしてしまったんだろう。雄太の話と全然関係ない。求められていたわけでもないのに、べらべらと。

恐る恐る、カレンダーのカバから視線を外し、三人の表情を確かめてみる。

普通。

戸惑っているわけでもなく、まして面白がっているふうでもなく。〝普通〟としか表現しようのない顔たちだった。

「え！」

思わず茜は声を発した。三人とも驚いたように目を見開いた。

「『え！』って何、突然」と薫。

「いやだって、何、その無反応。わたし、わけのわかんない話しちゃったのに。『その話、テーマと関係なくない？』とか言ってくれないの？」

三人は顔を見合わせる。

「……まあ、それはいつものことだし」奈月がぼそぼそと言った。「誰かの話を聞いて、別の話をしたくなったら、テーマとあんまり関係なくてもしていいってルールだし。いや、ルールっていっても決めたわけじゃなく、なんとなくそうなってきたっていうか。何か話したくなったら、話すというか」

「うん」と雄太。「で、ほかの人は、とりあえず黙って聞く」

「そうだね」と薫が言った。「雄太君の話を途中でさえぎったのはアレだったけど、そもそも遮ったのは俺だしね。そんなことはともかく、何か話し足りないことがあるなら、俺たちは黙って聞くよ」

「いや、もういい」

茜はそうつぶやくので精一杯だった。また、涙が出そうになる。自分のことがすごく嫌だった。何もかも嫌だった。さっきからずっと泣きたい気分なのも、自分の恐ろしいまでの情緒不安定ぶりも。

まったくでたらめの作り話をしてしまったことも。

♥

帰宅すると、出かける前に約束した通り、茜が出迎えてくれた。

「お疲れ〜。今日のことは水に流して、また頑張ろ！」

茜にそう励まされながら、奈月は手洗いとうがいを済ませると、ダイニングテーブルのいつもの席についた。リビングには誰もいない。雄太は午前中のコロナ病棟の仕事から帰ってきてすぐ、おしゃれして出かけていったという。薫は二階の自室で夜勤に備えて寝ているのだろう。

いそいそと台所で茶を出す準備をしている茜の、すらっと背の高い後ろ姿をぼんやりと眺める。以前は週に一、二回くるだけだったが、最近はほぼ毎日顔を見る。自宅近くのジムも解約してしまったらしく、ときどきこの家のリビングでユーチューブを見ながら、半裸に近い姿でヨガなどをやっている。

「はい、そば茶。あとこれ、雄太君手作りのくず餅だって。最近、すっかり寒くなってきたわねー。もう十一月か」そう言いながら、茜は奈月の正面に座った。

「突然だけど、わたし、離婚するわ」

「そうなんですか」と力なく答える。驚いてやる元気もない。

「夫が慰謝料とマンションくれるらしいから。パパ活だけかと思ってたら、職場の部下とマジ不倫してて、その子と再婚したいんだって。うちの夫って身長百六十センチでハゲちらかしてんのに、自己肯定感高すぎるからコミュ力最強で、とにかくやったらめったらモテるんだよねー。あー、計算外だったなー」

「お子さんはどうするんですか」

「そうねえ、夫は自分が育てたいみたい。姑もいるし、そのほうがいいのかもってわたしも思う。もちろんわたしも、今後も子供たちとは関わっていきたいけど、わたし一人じゃ、二人を幸せにできない気がする。うまく……言えないんだけど」

茜はそう言うと、両腕をあげて大きく伸びをした。

「なんかさー、仕事も成功して、幸せな家庭も持ってっていう、そういう完璧な人生を維持することにここ数年ほんとに必死になってたんだけど、一つダメになったら、すべてがどうでもよくなっちゃった」

彼女が仕事を干され、さらに夫から離婚を言い渡されるに至った経緯については、本人から少し前にさらっと聞いた。「この家で犯罪やってないのは奈月ちゃんだけね」と笑う茜に、奈月はなんと言っていいのかわからなかった。

「あの、ところで、先方から連絡あったんですよね？」

意を決し、奈月はそう聞いた。茜の顔が途端に曇る。

ここ数カ月の雄太の頑張りぶりに影響され、自分も何か行動しなければと焦った奈月は、先日、思い切って茜に相談してみたのだ。「結婚したいんですけど、どうすればいいでしょうか」と。すると茜は「そっち方面はわたしの得意分野だから！　まかせて！」と、瞬く間にお見合いをセッティングしてくれたのだった。

相手は茜のブーランジェリーの取引先企業に勤務する二歳年上、バツなし実家暮らし。おおらかで細かいことを気にしないタイプの人柄だといい、絶対に二人は合うはずだという茜の折り紙付きだった。

「一応、LINEで報告はきたけど」しぶしぶといった様子で茜は言う。「……あの、別にね、奈月ちゃんのどこが嫌とか、タイプじゃなかったとか、そういうことじゃないみたいなの。ただ、会話してて、ちょっと疲れちゃったんだって。『もっと静かに話を聞いてくれる人がいいかもです』だってさ……」

奈月はがっくり肩を落とした。「話してて疲れるかあ。相談所に入ってたときも、何度か相手の男性に言われました」

「会話が盛り上がらなかったの？」

「盛り上がったのかどうか、自分では判断できないです。ただ、わたし、空回りしちゃってるなーってことには気づいてました。初対面の人と会うときは、いつもそうなんですよ。必要以上におしゃべりで明るい人間になろうとしてしまう、というか。相手を疲れさせてしまうし、自分はもっと疲れてしまう。わかってる、わかってるんだけど……」

「ほどなるー」茜は腕組みをして、考える顔になる。「ていうか、奈月ちゃん的にはさ、恋愛とか結婚に、あこがれはあるの？」

「そりゃ……ありますよ」

「いやね、今の話もそうだし、この間の、怒られるのが怖いって話もそうだけど。奈月ちゃんにとって、人づきあいってストレスでしかないのかなーって。恋愛とか結婚って、普通の人間関係よりも濃密で面倒なことばかりだし、向き不向きってあると思う。無理してする必要、あるのかなあ」

「でも、もし一生結婚できなかったらって考えると、不安と焦りがもうすごくて、本当に胸がつぶれそうになるんです。このまま誰からも愛されず一人で年をとるのかってことが、本当に怖くて怖くてしかたがな……」

「ねえ待って。さっきから、このブーンって音、何？　電話鳴ってる？」

茜は立ち上がると、キッチンカウンターに置いてあった自分のスマホを手に取った。

「わたしじゃないわ」

「じゃあ、わたしですね」

奈月はそう言うだけで、その場に座ったままじっとしていた。もう何分も前から気づいていた。ソファに置いた自分のバッグの中で、ブーンと振動音が鳴り続けていることに。

ブーン、ブーン、ブーン。しばらく繰り返し、止まる。すかさずまた鳴り出す。留守電サービスに切り替わるたびに、切ってはまたかけ直すのを繰り返しているのだ。

「出ないの？」

「出なくていいです」

振動音が途絶えた。今日はやけにあきらめがいいなと思っていると、少しして上から足音とともに話し声が聞こえてきた。薫だ。

「ええ、あー、そうですか、ええ、ええ」

階段をおりてきた薫は、そのままスマホで誰かと話をしながら茜の隣に座った。相手の声が漏れ聞こえる。狂気の声だ。

「ええ、はい、はい、あの、ええ、里美《さとみ》さん、里美さん、ええ……あの、里美さん！」

そのとき、薫がひときわ大きな声を出し、驚いた茜が「わー！」と叫んだ。茜はビビり屋で、ちょっとしたことで驚いてよく叫ぶ。

「里美さん！　聞いて、ください！　とにかく、僕の、話を、聞いて……あぁーダメだあ」

「切っていいよ、薫兄ちゃん」

薫はあきらめたようにスマホをテーブルに投げだした。わざわざスピーカーに設定を変えなくても、母が大層取り乱した様子でわめきちらしているのが十分に伝わってきた。

「里美さん、今、富山のどこかにあるショッピングセンターにいるんだって」薫が言った。

「え！」と茜。「土曜の午後のショッピングセンターに？　この声量で？　警察呼ばれるレベルよ？」

そのとき、突然通話が切れた。話の内容はまるでわからなかったが、何か叫んでいる途中だったので、電池切れでなければ、何らかのトラブルに巻き込まれたのかもしれなかった。

どうでもよかった。奈月は思わず頭を抱えた。「……あの人、なんで薫兄ちゃんのところに電話かけてきたんだろ」

「誰かから、俺がここにいることを聞いたみたい。とにかく里美さん、すごく怒ってたよ。徹のことで話がしたいのに、奈月が全然応じないって」

「どんな事情があるのかしらないけど」茜が言う。「奈月ちゃんが、生きづらい、人づきあいが難しいって思いを抱きながら生きてきた理由の一端が、今の狂気の電話からも、感じ取れた気がする」

「ま、今度の生きづら会のテーマ、ちょうどよかったかもね」そう言うと、薫は大あくびをして立ち上がった。

「何だっけ？」茜が聞いた。

「家族。今回は茜ちゃんも参加するよね？」

そう言った後、薫は答えを待たず二階にいってしまった。寝足りないらしい。

「……参加しますか？」奈月は顔をあげて、かわりに聞いた。

「うーん、そうね、最近、コロナも落ち着いて、ちょっと仕事がバタつきはじめてて。今日もこのあと打ち合わせだし、そうそうこっちにきてばかりもいられな……」

ふいに言葉を止めて、真顔で奈月をじっと見つめる。そして言った。

「全部嘘。仕事もなくて、すごく暇。次もくるよ」

そのとき、外からカーッとカラスの鳴き声が聞こえた。あるいはそれは、本当は富山のショッピングセンターでなく、昔と同じようにこの近所をうろついている、母の叫び声だったのかもしれない。そんなことを奈月はぼんやりと思った。


「それでは今日の生きづら会をはじめます」

いつも通りそう宣言してから、雄太が淹れたお茶を飲んだ。今日はルイボスティーらしいが、何ティーだろうとお茶は全部同じ味がする。

「このテーマを出してくれたのは薫兄ちゃんですけど、何か語りたいことはありますか？」

「うん」と薫はうなずいて、姿勢をただした。「テーマを出しておいてアレなんだけど、俺、家族の話ってすでにもうしたよね？　家族というか、親父のことだけど。あの話をしたあと、ずっと考えてるんだ。自分の生きづらさ……という表現があてはまるかどうかわからないけど、なんとなくすべてうまくいかない感じ、人生が重たいというか、しんどい感じの原因が、自分の家族、育ってきた家庭にあるんじゃないかって。そんなこと、今までほとんど考えたことがなかったんだよね。

みんなからしたら、俺の育ちは異常に見えるかもしれないけど、俺からしたら普通だったんだよ。虐待だなんて思ったこともない。大人が子供を殴るなんて、本当、ありふれたことだった。学校でも教師が生徒をバンバン殴ってたしさ。ちょっとうちは厳しめかな、ぐらいな感じ。自分が歪んだ家庭で育ったなんて、ほんと、少しも思ってなかった。

でも俺は、生きづらい。うん、生きづらいんだと思う。結婚生活も人間関係もストレスでしかないし、仕事も、情熱を全く感じてなかった。でも、生きづらさを感じるのは、なんていうか、ただの甘えだって思ってたんだと、思う。精神が弱いから、男らしくないから、だからつらく感じてしまうんだ、と。俺はずっと、自分の生きづらさを、軽んじてたのかもしれない。

なぜそうなのかと考えると、そこはやはり親父の影響が大きいような気がするんだ。とにかくすべてを親父から否定されすぎて、感情を押し殺す癖がついてしまったというか。でも感情がなくなったわけじゃなく、押し殺してただけだったから、この歳になって女性相手に急に爆発してしまった。そういうことなのかもしれない。

まあ、俺の失敗話はおいておいて。

で、この会でさ、たびたび奈月と雄太君が話す、あることが気になってて。同じように友達が一人もいなくても、恋人ができなくても、楽しそうに生きてる人たちがいる。あれって、生まれ持った性格の違いなのか？　なぜ自分たちはこんなにつらく受け止めてしまうんだろうって、よく言ってるじゃない。

もちろん、生まれつきの性格とかも関係あると思う。でももしかしたら、育った家庭にも何かヒントがあるのかも。

というわけで、今夜はみんなの家族の話を聞いてみたいなと思って。どう？　誰か、何か語ってみたいエピソードはある？」

薫の言葉に、三人は静まり返る。しばしの間をおいて、茜が「はい」と小さく手をあげた。

「多分、わたしの家族が一番ノーマルというか、つまんないから、わたしが先に話すわ。あ、別に、うちは普通の仲良しファミリーよーって、マウントとりたいわけじゃないからね。

前も話したけど、父は大学で社会学を教えてて、母は専業主婦だったけど、結婚前は小学校の先生だった。わたしは一人っ子。住まいは東京の下町にある団地で、すごく質素な家庭だったなあ。

それでね、前も言ったけど、とにかく進歩的な考えの家で。学校もいきたくないと言えば自由に休ませてくれたし、ときどき父が率先して『今日はみんなで遊びにいこう！』って言い出して、平日に熱海とか日光に一泊旅行したり。安宿しか泊まらなかったけど、楽しかったな。

母も母で、専業主婦だったのに家事は結構父任せでさ、多趣味な人で、ジョギング、カラオケ、それから洋裁。土日はわたしを父にあずけて一人で遊びにいっちゃうこともザラだった。でも、父も怒ることはなくて、むしろ、そういう自由な母が好きだったみたい。二人とも今でも仲良く……」

そこまで言って、茜はハッとした顔になって口に手を当てた。

「ひゃだ！　結局わたし、マウントトークみたいなのしてるじゃん！　そんなつもりじゃなかったのに。わたしの話、もう終わり。はい、えーっと次の人は……雄太君！」

「え！　俺ぇ⁉」と雄太は自分を指さしながら、素っ頓狂な声をあげた。

「……あんまり家族の話はしたくないんだけどな。でもまあ、少しだけ。俺は、家族のことは、正直好きじゃないです。

きょうだいは、妹がいるけど、仲はよくない。もう結婚して子供もいます。子供は二人だったか、三人だったか。忘れた。

うちはいわゆる中流家庭っていうか、家は横浜市のはずれにあって、とくに貧乏でも金持ちでもなく、本当に普通、真ん中って感じ。

なにせ父も母も公務員だからね。さらに妹も警察事務っていう公務員になって、そして当然のように結婚相手は警察官。俺がどれだけ家の中で浮いた存在か、わかるってもんでしょ。

あー、なんか、そう考えると、俺って家の中でも外でも、輪から疎外されてたんだなあ。

でも別に、愛されていなかったってわけでもなく、とくに母親は、俺を心配してくれてるのをすごく感じる。ありがたいし、今は難しくても、いつか必ず母親孝行はしたい。言ってるだけで何もやらないままじゃ、ダメだけど。

親父はね。多分、中二のときからまともに口、きいてないっす。家を追い出されることになったときも、俺は一秒もあの人の顔を見なかった。本人は、その理由をよくわかってないと思う。俺のことを反抗期が終わらない、文字通り永遠の中二病だと、多分、思ってる。

……この話、誰にもしたことがないんだけど。俺、昔、あるものを目にして。ごめん、今から、少し汚い話していいですか？　今、急に思い出したことがあるんだけど。いや、話さないほうがいいかな……」

「わたしはいいよ」茜が言った。ほかの二人も黙ってうなずいた。

「……うん、あの、それで、うちの親父は、映画を見るのが趣味で、映画雑誌をよく買ってたわけ。ＡＶの紹介ページがあるわけですよ、そういうのには。俺はときどき、そのページをこっそり盗み見てたんだけど。中一とか中二の頃。あるとき、なんか、そのページが糊付けされて開けなくなってるんです。

うわ、バレた！　って血の気が引いて。でもすぐに、変だなって気づいた。うちの親父はものすごく几帳面なタイプなんすよ。なんでもぴしっときれいに揃えるのが好きで。だから、たとえ糊付けするとしても、多分ページの端をきっちり揃えてくっつけると思うんすよね。でもそれは、糊をページの真ん中にぶちゃっとぶちまけて、そのまま雑誌をべたっと適当に閉じたような感じでくっついてて……。

あの、それは糊じゃなくて。親父はそのページを見て自分でやって、そしてそこに出して、そのまま閉じたってこと。

俺は、そのときまだ、自分でしたことはなくて、でもやり方はしってました。それに……いわゆるその、夢精はしたことがあったから、だから、わかった、気づいた。でも、俺は何事もなかったようにその雑誌をあったところに戻して、そのあと何分もかけて手を洗って、それでもなんだか気持ち悪くて、服を脱いで風呂に入って髪を洗ったのを覚えてます。

親父の、アレが、体のどこかについちゃったような感じがして、気が気じゃなかった、というか。気持ち悪くて、とにかく。その晩、帰ってきた親父の顔なんてもう見られなかったっす。しゃべりかけられたときは吐くかと思ったし。

何より嫌だと思ったのは、その雑誌をさ、平然と居間のソファに置きっぱなしにしてたってことなんすよ。家族全員、いつでも手にとれる。そのときまだ小学生だった妹も。妹は海外ドラマが好きで、その雑誌をよく見てたから。

もしかしたら、わざとそうしてたんじゃないか？　妹に見つかるように。そう思いついたら、そうとしか思えなくなって。もう、吐き気しかないっすよ。

それで……そのときの俺は、まだ自分でしてみたことがなかったわけだけど。その一件があって、俺は、死ぬまで一生絶対にやらないって、本当に強く、強く心に誓いました。でも結局、やってしまって、今に至る。

まあ、俺も汚くてキモい男の一人ってことっす。この汚さからは、どうしたって逃れられない。あーあ、嫌ですね、本当、男って。はい、俺の話は終わり。次は奈月さん！」

名前を呼ばれ、ドキッとした。三人の視線が自分に集中する。

奈月は「ちょっとトイレ」と言って、席をたった。ズボンを下げずに便座に座り、ふう、と一つ息をはく。

家族の話。

去年の暮れのことが、ふいに思い出される。生きづら会のチラシを一人で作製した深夜。あのときは、誰かに聞いてもらえるのなら、どんなに恥ずかしい話でもしたいと思っていた。いつも寝る前に頭の中で繰り広げている妄想話でも、片思いしていただけなのにストーカー扱いされた失恋話でも、性の目覚めの話でも。ただ、家族の話だけは、したくなかった。

「この間の電話、あ、雄太さんはあの場にいなかったけど、話はしたよね？　とにかく、あの電話で想像はつくと思うけど、うちの母親の性格を一言で表すなら、まさにこれ。エキセントリック。

普通の専業主婦だったのに、毎日派手な格好してスーパーに買い物にいってた。ボディコンとか、バブルっぽい服が大好きで。しかも香水もぷんぷん。性格も変わってて、思ったことをなんでもズケズケと言うの。『そのヴィトンのバッグ、偽物でしょ』とか『あなたの化粧、おてもやんみたい』とか。反面、人懐っこい面もあって。青森にいたときは、自治会の偉い人とか近所のお金持ちのおばあさんに気に入られて、毎晩のように食卓にもらいものが並んでた。大きなヒラメとか、たっくさんのりんごとか。あの頃はわたしも、食べることが好きだったな。

それだけでもわかるとおり、わたしと母は全然似てない。性格だけじゃなく、見た目も。若いとき、母はすごく美人だったんだって。『なっちゃんはわたしに似なくてかわいそう』ってよく言われた。茨城の農家の生まれで、高卒だけど、美人だから大手企業の受付嬢をやってて、そこのエリート社員だった五歳上の父に見初められて、二十歳で結婚したの。その結婚が、母はよほど自慢だったみたい、小さいときは何度も何度もそのシンデレラストーリーを聞かされたよ。

でも、父と母の関係は、だいぶはやくから冷え切ってたと思う。そもそも、父はあまり家に帰ってこなかった、青森でも、東京でも。

だけど、それは母の自業自得なんだよ。怒ったと思ったらべたべた甘えたり、そうかと思えば文句をぐちぐち言って泣き出したり。感情の起伏が激しすぎ。わたしが父でも、あんな妻のもとには帰りたくな……」

そこで、奈月はふいに口をつぐんだ。テーブルの上で握った拳を、じっと見おろす。

言葉が出てこない。できるなら、この場から逃げ出したかった。部屋は静まりかえっている。沈黙がうるさくて耳が痛いぐらいだった。

去年の暮れの深夜のことを、また思い返す。生きづら会のチラシを作ったとき。たった一人で暮らしていた、ゴミにあふれたアパートの一室で。誰かと話したいと思った。この寂しさ、孤独、苦しみ、つらさを誰かと分かち合いたいと思った。その後、この生きづら会を一年近く続けて、他人と本当の意味で気持ちを分かち合うには、その前に、自分自身とまっすぐ向き合わなければならないことを知った。

「ごめん、嘘」顔をあげて、奈月は言った。「今の話、嘘」

「えええええ！」と声をあげたのは茜だった。「どこから、どこまで嘘⁉」

思わず笑ってしまう。ときどきうざったく感じる茜のオーバーリアクションが、今はなんとなくありがたかった。笑ったら、少し気が楽になった。

「えーっと、一部。あの、嘘といえば嘘だし、嘘じゃないと言えば、嘘じゃないんだけど。

どうやって話せばいいんだろう。

少し待って、整理する。

……あの。母がね、情緒不安定になったのは、父のせいだと思う。いや、そうなの。わたしは男女の機微みたいなのはいまだによくわからないし、でも当時はもっとわからなくて、だけど、母が父のせいでおかしくなってるっていうことには、薄々気づいてた。わたし以外の人たちは、だーれも気づいてなかった。あそこの旦那さん、とっても立派な方なのに、奥さんは変人で気の毒ねーって感じで。

父は大手企業のエリートサラリーマンで、大きな家も建てて、まあ実際建てたのはおじいちゃんなんだけど、東京にきてからは小学校のPTAの副会長までやってた。家には帰ってこないのに、なぜか近所では顔が広くて、どこへいっても父の話をされるの。よくいう、外面がいいってやつ。家では……よくわからない。母に対してどういう態度をとってたのか。父と母がどういうやりとりをしてたか、よく覚えてない。単に見てなかったのかもしれないし、忘れちゃったのかもしれないし、覚えてたくないだけなのかもしれないけど、まあ、あんまりよくない態度だったのは確か。多分、ずっと女もいたし。

わたしから見て父は、ずっと遠い人。お兄ちゃんのことは長男だからって感じで気にかけてたみたいだけど、わたしのことは、どうでもよさそうというか。すごく強烈に覚えてるのが、小学校六年のときの運動会。父がPTAの関係で必ず見に来ることはわかってたんだけど、わたしはクラスメイトの意地悪でリレーの選手に選ばれてて、父に見られるのがイヤでイヤで、だからもう何日も前から憂鬱だった。案の定、本番ではぶっちぎりでビリ……というか、ゴール直前で盛大にすっころんだの。もうズサーって頭から。恥ずかしくて死にそうになりながら顔を上げたら、目の前の白いテントの下に座ってる父と目があって。あんな子、まったく知らない家の子供です、みたいな顔して、隣のおじさんと笑ってた。

中学に入る頃には、父はもう全く家に帰ってこなくなって、それに比例して、母の気分の浮き沈みもどんどん激しくなって、お兄ちゃんは周りになじめず完全引きこもりになって。そうなると、わたしの中で、父へのあこがれみたいなものが、不思議とふくらんでいった、というか。と同時に、母が疎ましくなった、というか。そう、母もお兄ちゃんも疎ましかった。疎ましかったというか、恥ずかしかったというか……。わたしだけでも、父のところにいけないかなって、思うようになった……というか。そうなったら、もういじめられなくなって、友達もできるはずなのにって、思ってたのかもね。父の携帯電話の番号はしってて、たまに電話して、話をしてたの。電話だとなぜか父は優しくて、いろいろ聞いてくれるからうれしくて。学校はどうだとか、勉強はどうだとか。勉強はともかく、友達もいなくて毎日つらかったんだけど、友達もいるし、部活も楽しいよって、いつも嘘ついてた。

ところが高三の秋にね、めずらしく向こうからわたしの携帯にかかってきたの。ぴんときた。多分、もう電話はしないようにって言われるんだろうって。大学に入ったら自立しなさいって、ことあるごとに言われてたから。

だから、すごく焦ってた。どうしたらまた電話をくれるだろう、こちらを気にかけてくれるだろうって考えて、それでもう、気づいたらその言葉が口をついて出てて。

『お母さんが殴ってくる』って。父は無反応だった。なんか『ふーん』って感じで。だから、『お兄ちゃんも殴られてる。ご飯も食べさせてもらってない』って言った。もちろんそんなの大嘘。その頃のお兄ちゃんは、少し立ち直りかけてて、近所のプラモデル屋にアルバイトにもいってたぐらいなのに。

で、それから何日か過ぎた、日曜の朝、六時ぐらいだった。寝てたら突然、母の叫び声が聞こえて。何事かと思って部屋を飛び出したら、知らない男たちが二階にどかどかどかってあがってきて。強盗だ！ と思ったよね。あのときほど死を意識した瞬間はなかったよ。その人たちは、引きこもりの人を預かってる施設の人達で、父の依頼でうちにきたの。男ばかりで三人か四人、もっといたかな。とにかく大勢で家にやってきて、あっという間にお兄ちゃんを連れだしてしまった。そのときのお兄ちゃんの取り乱しっぷりったらなかった。子供みたいに泣きわめいて、大暴れして、家じゅうのものもひっくり返して。顔が真っ赤でね、怖かったんだろうね、失禁もしてた。

その人たちがいなくなったあとの家は、もうそれこそ、強盗に入られたみたいにぐちゃぐちゃだった。

二カ月ぐらいして、お兄ちゃんは帰ってきて。

施設で、暴力を振るわれてたみたい。殴られた挙句に死んじゃったほかの入所者がいて、保護者が訴えたら施設の人たちが夜逃げしたんだって。お兄ちゃんは自力で九州の山奥から出て、それからいろんな人に助けられてとりあえず福岡までたどりついて、そこで警察に保護されてうちに帰ってきた。

ガリガリで、坊主頭で、体のいたるところに殴られた跡があって。見てられなかった。ひどいありさまだった。ずっと震えてて。あの日から、お兄ちゃんは多分、一歩も外に出てない。

もうそこから、わたしと母はずっと仲違い状態。会えばケンカ。会わなくても電話でケンカ。ケンカというか、わたしが一方的に文句を言われ続けるって感じ。あんたのせいで徹がダメになった、あんたのせいで家族がめちゃめちゃになった、どうにかしろってそればかり。はじめのうちはなんとか仲直りしようとわたしも頑張ったけど、もう疲れちゃった。

お父さんはあれ以来、一度も連絡がとれない。何してるのかも、わからない。

うちの家族はこうして空中分解したまま。どこよりもサイテーな家族。でも、その家族を壊したのは、わたし。長々話しちゃってごめん」

奈月は口をつぐんだ。なぜだかわからない、涙が出そうだった。こんな話をしながら泣くのは、絶対に嫌だった。そんなの、自己憐憫にひたって罪悪感をごまかしているだけだ。

誰も何もしゃべらない。ブビーンという冷蔵庫の音だけが響いている。慰めてほしくはなかった。あなたのせいじゃない、気にすることなんかない、そんなことは絶対に言われたくなかった。

誰も、そんなことは言わなかった。

「あのさ」沈黙を破ったのは、薫だった。「一つ、気になることがあるんだけど。この間の里美さんの電話でね、入院するから、奈月と話をつけなきゃいけないって言ってたんだよ。里美さん、どこか悪いの？」

奈月は歯を割れそうなほどぐっとかみしめた。言葉を吐き出せば、今度こそ泣いてしまう気がした。だから自分のスマホを操作し、画面を三人に見せた。

あなたのおかあさん。がんだよ。もうすぐしにます。

母のインド人の恋人が打ったメッセージだった。

サービスエリアの食堂の窓の向こうに、美しい秋の諏訪湖の景色が広がっている。水面は一枚の布のように静かで穏やかで、きらきらとグラデーションの濃度がかわっていく。湖を縁取る山々はすっかり赤や黄色に色づいて、正午の陽はさんさんと輝き、パーキングスペースは様々な車が入ってきては消えるドクターマリオ状態、そしてどこもかしも人、人、人。マスクを外して楽しそうにおしゃべりしている人もたくさんいる。目にうつる何もかもが「行楽日和！」と声を限りに叫んでいる。

そんな中で、わたしたち四人はほかの人たちから、どう映るのだろう。そんなことを奈月は考える。

きつねうどんをすすりながらスマホで将棋ゲームに興じる地味目四十半ば男と、カツカレーラーメンセットをむさぼるように食べながら周りをきょろきょろ観察している挙動不審非モテ系アラサー男と、焼きおにぎりを片手に険しい顔つきでるるぶ富山を熟読する全身ブランド服年齢不詳女と、そして、食べきれないだろうと思いながら注文してやっぱり食べきれなかったざるそばを半分残して放心している、ガリガリアラフォー女の自分。

ダブルデート中の二組のカップル？　まさか。誰と誰がカップルだっていうの？　親戚同士？　いや半分はあってるけどさ。周りのどこを見渡しても、関係性のわかるコミュニティばかりだ。家族、大学生の大集団、ゴルフ仲間、おばさんの仲良しグループ、男女カップル。カップルの中には、もしかしたら正式に付き合っていない二人もいるかもしれない。それならそれで、その関係にも何らかの名前があるはずだ。

わたしたちには、どんな名前があるんだろう。

「あなたたちは、どんな関係の人たち？」

「わたしたちは生きづらさを克服しようの会のメンバーです」

ふいに無性におかしくなって、奈月はくすくすと笑った。茜がるるぶ富山から顔をあげて「何笑ってるの？　あ、さっきの変な人またきた？」と聞いた。「あの、セーラー服着たおじさん」

「いや、きてません」

四人一緒に富山へいこうと決まったのは、つい三日前のことだ。当初は奈月だけでいく予定だった。そのうち誰かが「一人じゃ心配だ」と言い出し、別の誰かが「本当にいくつもりあるのかな」と疑念を呈し、さらに別の誰かも「いくだけいって何もせず帰ってくるかもしれないぞ」などと訴え、それからどんどん話がふくらんで、「誰かがついていくべきでは？」「いっそみんなで休みをとって全員でいくのはどうか？」「だったらせっかくだから温泉でもいこう」となって、そして今日、早朝からレンタカーに乗って四人でここまでやってきたのだ。

今夜は宇奈月温泉で一泊。明日の朝、薫と二人で富山市内へ移動し、インド人と暮らしている母を見舞って話をする。

前回の生きづら会の後、薫が奈月の母に連絡をとり、すい臓がんの治療中であることを確認した。「いつもの嘘かもしれない」という奈月の予想は外れた。

「里美さん、はっきり言わなかったけど、聞いた限りでは、来年の春まで持たないと思う」

電話を切ったあと、薫は言った。

母はとにかく引きこもりの長男の行く末を心配しているようだった。それに、家の相続についても話をしなければならない。それなのに、奈月がちっとも応じないので困っているという。

これから奈月はどうすべきなのか、その後、四人で話し合った。雄太は「とりあえず電話で一回、きちんと話をすればそれで済むのでは？」と言った。親とはいえ、気が合わないなら無理して会う必要はないが、金の話だけは解決しておくべき、というのが彼の考えだった。薫もそれに同調した。反対したのは茜だ。

「お母さんの状態を考えたら、一度、直接会って話したほうがいい、絶対」茜はそう強く主張した。「うちの母も自分の母親、要するにわたしの祖母とずっと仲が悪くて、結局、死に目にも会えなかった。でも、いまだに後悔してるよ。あんなふうに何度も電話をかけてくるっていうことはさ、お母さんはもしかしたら、これからは仲良くとは言わないまでも、和解ぐらいはしたいのかもしれない。わだかまりを抱えたまま、死にたくないのかもよ。奈月ちゃんも後悔したくないでしょ？　家族なんだから、最後ぐらい、ね？」

そう言われても、よくわからなかった。後悔するかもしれない、という気持ちより、母に何を言われるかわからない、という恐怖のほうが強かった。

しかし最終的には、会うと決心した。薫が口にした言葉が、決め手になった。

「奈月にとっても、逃げずに向き合う最後のチャンスかもね」

逃げずに向き合う。そうだ、いつも逃げてばかりだった。兄からも、母からも。しかし、いつかは向き合わなければならないときがくる。それがきっと、今だ。

食事を終え、茜の買い物のために三十分近く待ちぼうけを食らわされたあと、一行は諏訪湖サービスエリアを出発した。後部座席にもたれて、奈月は空を見上げる。ソーダ水みたいな秋の空と、いたずら描きみたいなうろこ雲。平日の昼間だが、道は渋滞していた。

「この先で事故の検証をやってるみたい」助手席にいる薫が言った。諏訪湖で茜と運転を交代していた。「だから、そこを過ぎたらすぐ流れるよ」

「わたし、家族で出かけて、渋滞に巻き込まれるのって大っ嫌いだったわ」FMから流れる音楽に合わせて、ハンドルをぺしぺし叩きながら茜が言う。「うちの夫、基本いつも機嫌がいいんだけど、渋滞にハマったときだけはイライラしてこっちに当たり散らしてくるの。だからもう車での家族旅行はしなくなった」

「なんだか耳が痛い話だな」と薫。「俺も、一人で渋滞にハマってもどうということはないのに、家族連れでハマるとイライラしちゃってさ。とくに横で狸寝入りしてる嫁さんの顔を見るともうイライライライラして、当たり散らしはしなかったけど、不機嫌にはなってた」

家族旅行なんて、一度もしたことがない。空に向かって話しかけるように思う。家族とはなんだろう。どうして自分が、こんなにも結婚したいのか、子供がほしいのか、以前はよくわからなかった。孤独が怖いのか、世間体が気になるのか、幼稚な憧れを抱いているだけなのか。どれも合っている気がするし、間違っている気もした。しかし、前回の生きづら会で家族の話をしたあと、うっすらとその答えが見えてきた。

自分は母を、見返したかったのだ。それだけでなく、いつか父に会ったときに、恥ずかしくない自分でいるためでもあったのかもしれない。どうして孤独でいることを、こんなにもみじめで恥ずかしいことと感じてしまうのだろう。

薫の言った通り、車はすぐに流れ出した。奈月はいつの間にか寝入ってしまい、目を覚ます頃には、車はしずかな温泉街をゆっくり走っていた。

宿は一人二万円近くする高級旅館だった。茜の楽天ポイントが本人いわく「死ぬほど貯まって」いるらしく、一番デラックスな部屋をとったのに、一人あたりの負担は三千円程度で済んだ。

チェックイン早々風呂に入り、その後四人で卓球場へいったが、茜以外の三人が下手すぎて全く試合にならないのですぐにあきらめ、その後は夕食までカラオケに興じた。

薫はDEENを気持ちよさそうに歌い上げ、茜は安室奈美恵を踊り狂い、雄太はワンオクロックを本物そっくりの歌声で披露した。とくに雄太の熱唱に三人は驚いた。茜が「その歌声はモテる！　女の子をカラオケに連れていけばあんたの悩みは一発で解決する！」と興奮気味に言っていたが、雄太はなぜか一度きりしか歌わなかった。

夕食はバイキングだった。奈月は食べ物がずらずらと並んでいるだけで腹いっぱいになってしまうたちで、その類は大の苦手だったが、雄太と茜が寿司だ天ぷらだと子供みたいに大はしゃぎしている姿を見ていたら気分がわくわくして、珍しくおかわりした（とはいえ茜には、なんで奈月ちゃんおでんばっか持ってくるのと眉を顰められた）。薫も今日は特別といって、ビールを飲んだ。

そしてやっぱりここでも、自分たちは謎の四人組だった。

家族三代の大所帯。仲良し女子三人組。新婚風男女カップル。一組だけ自分たちと同じような関係性の見えない男女四人組（内訳は、五十代のかっぷくのいい男性、三十代半ばの日焼けした男性、アラサー美女、二十歳前後の女の子）がいたが、薫によれば「あれはキャバクラ嬢と客だ」とのことだった。

「さっき風呂場であの男二人と一緒になった。あの太ってるおっさんのほうが、若いほうの女の子と今晩肉体関係を持つための作戦会議をしてた」

「まあ！　いやねー」茜がほたるいかの酢味噌和えを箸でつまみながらのけぞった。

「あの女の子、まだ大学生ぐらいじゃない？　ほんといや。不潔よ、不潔！」

その言い方がおかしくて、三人は笑ってしまう。茜が生きづら会にやってきてから、笑い声が格段に増した。

「あ、見て見て」雄太がその四人組のテーブルを無遠慮にじろじろ見ながら言う。「若くないほうの女性のわきに、ウイスキーの水割りセットがある。あ、今、おじさんがコップを女に突き出した。うわー、すごい慣れた手つきで水割り作るな～」

「プロの手仕事って感じだね」薫がしみじみと言った。

「あ！」あるものを見つけて、奈月は声をあげた。「あのサラダコーナーのわきにいる三人グループ。あれはなんの仲間だろ。男二人に女一人。年齢もバラバラ。謎じゃない？」

「あー、確かに」と雄太。「もしかして、何かを克服する会を結成してるのかもね。何だろう。でも見た感じ全員陽キャっぽいから、少なくとも生きづらさではないね」

「なんかさ、すごく変な感じがする」茜がかにの棒寿司に豪快にかぶりつきながら、もごもご言った。「……わたしって今、なんなんだろう」

「なにが？」と薫。

「……いや、わたしって今、なんでもない、ただの人間なんだなって思って。だって、なんにも役割がない。どこにいくにも、何をするにも役割ってある。とくに旅行中ってそう。妻、お母さん、社長、友達といたって、友達としての役割があるでしょ。でもなんか、今は、なーんにもない。なんの役割も持たないで、おいしいものを食べて、お酒を飲んでる。それって……サイコーじゃん？」

そう言って、お猪口をぐいっとあおった。三人はそれを見てまた笑った。

夕食後はまたカラオケを二時間やり、それから風呂に入った。風呂のあとは臨時生きづら会をやる話も出ていたが（テーマは『性の目覚めパート２』）、茜がすっかりよっぱらってしまったので取りやめになった。

洋室にあるベッドを茜と奈月が使い、和室に敷いた布団で薫と雄太が寝ることになった。〇時過ぎにおやすみを言い合うと、すぐにいびきと寝息の合唱が聞こえてきたが、奈月だけはなかなか寝付けなかった。

さっきまでの楽しくあたたかな気持ちが、空気の抜けた風船のようにしゅんとしぼむ。明日はいい日になりそうだ、という予感も一緒に。

案の定、予感ははずれた。

駐車場にとめた車の中で待っていた薫が、マンションから出てきた奈月を見て、慌てふためきながら車を降りてきた。

「どうした！　なにがあった！」

「なんでもない。はやくここを出たい」
涙と鼻水でぐじゃぐじゃの顔を手でぬぐいながら、奈月は言った。薫はそれ以上何も聞かず、奈月を後部座席に誘導すると、すぐに車を出した。それから、富山市内を各々自由に観光していた雄太と茜を拾うと、朝、四人で決めた通りに、岩瀬浜海岸を目指した。

しかし、晩秋の北陸の海岸はあまりに寒々しく、風は何かの罰であるかのように冷たかった。午後になって雲も出てきた。砂浜まで下りたが四人とも三分と耐えられず、すたこらさっさと車に引き返した。近くにちょうどいいレストランもなく、やむなく道路わきにとめた車内で話をすることになった。

薫が運転席、茜が助手席、雄太と奈月の二人は後部座席。窓から見える空は鉛色。黒い鳥の影が三つ、雲の中へ隠れていく。

奈月と薫が、母の住むマンションについたのは午前十一時半頃だった。久しぶりに顔を見た母は随分やせていたが、顔色は悪くなかった。インド人の恋人は、相撲取りみたいに体格のいい老人だった。

母とインド人の恋人はリビングの大きなソファに座り、奈月はなぜか絨毯の上で正座させられた。お茶どころか、水道水すらも出してもらえなかった。

「わたしの知らないところで、お兄ちゃんとお母さんは、連絡とりあってたんだって」

奈月は言った。子供みたいに鼻水をすすりあげながら。「それで、お兄ちゃんは自立するために、これから施設に通うことにしたんだって。あと、お父さんはなんだかいろいろな事業で失敗して借金作って、薫兄ちゃんのお父さんから借りた金も踏み倒したんだって」

「え！」と薫が声をあげた。「あ、ごめん、えっと、続けて」

「そういう、お母さんが死んだあと、どうすればいいかって話を淡々とされた。保険の受取人はお兄ちゃんだけになってるから、わたしはそれを分捕《ぶんど》っちゃいけない、とか。あと、北千住の家の古い権利書かなんかを薫兄ちゃんのお父さんが持ってて、それはなんだかお父さんの借金の担保かなんからしくって、よくわかんないけど、とにかくあの家はいろいろやばいから、そのうち弁護士かなんかに相談しなさいって言われた」

薫が深いため息をついた。「それなら俺が知り合いの……」

「家の話はあとにしよう」と茜が遮った。「それで？　話はそれだけだったの？」

奈月はぶんぶんと首を振る。言葉が出てこない。脳裏に母の姿が浮かぶ。インド人の恋人にもたれかかるようにして座り、奈月を、まるで道に吐き捨てられたガムでも見るような目で見ていた。

「『死ぬ間際になって、やっと本当の家族ができてわたしは幸せ』って言ってた。それで『あんたのことを好きな人、誰か一人でもいるの？』って」

母にそう言われても、奈月はもう返す言葉がなかった。だからそのとき、壁にかけられたインド風の謎の絵をただぼんやりと見上げていた。

「お母さんに会うまで、なんだかんだ、娘のわたしのことをそれなりによく思ってくれてるんだって、わたし、高をくってた。でも、『あんたのことを好きな人、誰か一人でもいるの？』って聞くってことは、お母さんはわたしのことを全く、ちっとも、これっぽっちも好きじゃないって意味でしょ？」

誰もその問いかけに答えなかった。奈月の洟をすする音ばかりが車内に響いていた。

「わたし、本当に一人ぼっちなんだなって思ったの！」奈月は叫ぶように言った。大きな声を出さないと、涙にそのまま飲み込まれてしまいそうだった。

「子供のときからずっと、ずーっと一人。家族のことすら愛せないし、愛されない。そもそも人間が嫌い、一人でしか生きられない。だからこれからも、誰にも愛してもらえない、多分、いや絶対。それをつきつけられて、それがなんだか、すごく悲しかったの！」

「そんなふうに決めつけ……」と話しはじめた雄太を、奈月は「言わないで！」と遮った。

「未来はわからないとか、好きになってくれる人が現れるかもしれないとか、そういうことは言わないで。わたしは、家族を持てない。そういう種類の人間なの。過去も未来も。誰からも愛されない人生を、受け入れて生きていかなきゃいけないの。その事実と向き合わなきゃいけないの。それが怖い。すごく嫌！　こんな人生最悪！」

「しょうがないわね」茜がブランドバッグからポケットティッシュを取り出し数枚抜いて、奈月の鼻におしつけた。

「ちーんてしなさい、ちーんって」

言われたとおり、ちーんとやった。茜が乱暴な手つきで奈月の鼻をぬぐう。さらにまた新しいティッシュを奈月の鼻に押し付け、それから少し怒ったような顔で言った。

「わたしが間違ってた！　家族だから最後に会いなさいなんて言ったわたしが大馬鹿者でした！」

「よし！」と薫も大きな声を出し、ハンドルをたたいた。「もう一回、海に行こう！　行くぞ！」

薫が外に飛び出していく。続いて茜も「やるっきゃない！」と言って助手席のドアを開け、強風の中を駆け出していった。隣で雄太が「さみいよ」とぐちぐち言いながら、のろのろとドアをあける。奈月を振り返り、「大丈夫？」と聞く。

「うん、大丈夫」

「じゃあ、いこう」

差し伸べられた手をとった。雄太の手は妙にもちもちして、そして汗ばんでいた。デートのときもこんな汗ばんだ手を女の子に差し出しているのかな、とどうでもいいことを思う。風はさらに冷たく強くなっている。茜と薫の姿はすでに遠く、砂浜の上。若い恋人同士のように、砂に足をとられながら並んで走っている。

雄太と二人、それを追いかけた。砂浜に出るとさらに風は強くなって、波の大きな音で何も聞こえなくなる。だから、自分の笑い声も聞こえなかった。何がこんなにおかしいのか、よくわからなかった。茜が調子にのって海に近づきすぎてブランド靴を濡らしてしまい、顔を真っ赤にして怒っているせいかもしれない。薫がこむら返りをおこし、のたうちまわって砂にまみれているせいかもしれない。雄太がそんな二人を見て腹を抱えて笑っているので、つられているだけかもしれない。

「痛い！　誰か助けて！」と薫が金切り声で叫ぶ。「ふくらはぎがもげる！」

わたしたちはなんだろう。砂にまみれて特大わらび餅みたいになっている薫を見て大笑いしながら、奈月はまたそんなことを思う。

友達なのか？　なんだかそれは違う。もちろん恋人でもない。まして家族でもない。けれど、悲しいことやつらいこと、どうでもいいこと、いろんな話を聞いてもらえる。もしも、母と兄と父と、家族じゃなかったら。そうしたら、学校であったつらいこと、苦しいこと、どうでもいい失敗話、少し恥ずかしい恋愛話、そんなことを語れていたのだろうか。どうして家族というだけで、こんなにも難しくなってしまったんだろう。

友達、恋人、家族。いつか、その名前に似つかわしくない関係になってしまうときがくるかもしれない。だから必死に相手をつなぎとめようとして、苦しむ。名前さえ決めなければ、そんな苦しみも覚えずに済むということだろうか。そういう相手が一人でもいれば、孤独をそこまで恐れなくてもいいのだろうか。

とりあえず今は、三人いる。

「あーやっと痛みがおさまった」薫が放心したような顔で起きあがる。「うわっ！　畜生！　スマホが砂だらけじゃないか！」

「いい歳してなにやってるの？　バカじゃないの？」

茜がびしょ濡れの白いバレエシューズを手にぶらさげて叫んだ。雄太は相変わらず腹を抱えて笑っている。

分厚い雲に覆われた空を見上げて、息を吸い込む。塩辛い風の匂い。「この旅がずっと続けばいいのに」という奈月の独り言は、波の轟音と、どこか遠くから聞こえるカーッというカラスの鳴き声にかき消される。

♣

十二月一日の早朝五時、目を覚ますと部屋の中はまだ夜だった。去年の同じ日、同じ時間、雄太は実家の子供部屋の小さなベッドの上で胎児のように丸くなり、今年もついに呪いのシーズンがはじまったと深く絶望していた。そして、世界中の恋人たちの不幸を心から祈っていた。

今年の俺はまるで違う、と思う。クリスマスシーズンをこんな気持ちで迎えられるなんて、夢のようだ。

今年の下半期は、雄太にとって人生最大の幸運期といっても全く過言ではなかった。理由は、いくつかある。なんといっても、生きづら会に参加できたことが大きい。ただ、自分の思いを語る。誰にもしたことのない話をする。相手の反応を気にすることなく、オチもウケも考えない。ほかの誰かの語りを聞いて、記憶のクローゼットにすっかりしまい込んでいた思い出が引きずりだされることもある。それをまた語る。そんな単純なことを繰り返していただけなのに、気づけば生活が劇的に変わっていた。

まず、身だしなみを整えることに躊躇がなくなった。以前は外見をどうにかしなければと思うと同時に、やったところで何も変わらなかったときのことを想像して、勝手にプライドを傷つけられたような気持ちになっていた。そして、外見が少しマシになったと自覚できると、面識のない人、とくにしらない女性と話すことが怖くなくなった。気づけばここ最近、顔を見れば立ち話する関係の女性が三人もいる。食堂のおばちゃんが一人、病院事務のおばちゃんが二人。全員母親世代のおばちゃんだが、女性は女性だ。

そして、最大のラッキーは、九月半ばにやってきた。

矢島紗也乃《やじまさやの》との出会い。

きっかけは、純と一緒に参加したカップリングパーティだった。紗也乃は決して美人タイプではないが、清楚で女性らしい雰囲気で、明らかにその場の一番人気だった。それでも雄太は三分間のトークタイムでそれなりの手ごたえを感じていたので、ダメ元で第一希望に指名してみたら、奇跡的にカップリング成立したのだった。

その日から、素人童貞歴三十年の積年の苦労が夢だったのかと思うほど、トントン拍子でことが運んでいった。パーティの翌週末、二人で新大久保にいき、ラッポギを食べた。その次の週は池袋の水族館、その次は六義園。少しずつ、彼女のことをしっていく。歳は一つ下の二十九歳、千葉県柏市で一人暮らし、仕事は情報通信系の派遣社員。人づきあいが苦手で、交際経験も大学時代に彼氏が一人いただけ。しかもその彼氏とは、交際の進め方で意見が合わず、三カ月もたたずに破綻してしまったという。

「付き合って一週間で、お泊りデートしようって言われたの」と彼女は六義園を散策しているとき、雄太に語った。「わたしは、ゆっくり仲良くなりたいって思ってたし、付き合う前にもそう言ったんだけど、彼はなんだかいつも焦ってる感じで。ホテルにいきたい、ダメならネカフェでもいいってしつこくて。なんとかその日断っても、次も同じことの繰り返し。付き合ってるなら当然のことだって、そればっかり。それ以来、強引な人とか、焦ってる感じの人は苦手になっちゃった。でもほとんどの男性が、なんだか強引に感じるし、先に進もうとすごく焦ってるように見えて……だんだん、もう恋愛はいいかと思うようになって」

しかしコロナ禍に入ってから、自粛期間の孤独があまりにつらく、次に同じような災厄に見舞われたときは家族を持っていたいと感じて、紗也乃は勇気を出して出会い探しをはじめたのだという。

人づきあいが苦手だというわりに彼女は話好きなタイプで、どこへいっても何をしていてもよくしゃべっている。職場の噂話や学生時代のサークルの話など、人間関係にまつわる話題が多かった。正直、知らない人間たちの話など聞かされても興味は持てない、というかやや不愉快なぐらいだったが、雄太はなるべく態度に出さないように気をつけていた。五回目のデートで新宿御苑にいったとき、秋の色に染まる銀杏の木の前でふと彼女は話を止め（そのときは前の職場でうけたパワハラ話を熱弁していた）、「わたし、いつもしゃべりすぎてない？」と雄太の顔を覗きこんだ。上目遣いの表情があまりにかわいくて、ドキドキした。そのドキドキを必死で押さえつけながら「そんなことない、紗也乃ちゃんのこと、いろいろしれてうれしいよ」と雄太は涼しい顔を作って答えた。

彼女は「よかったあ」と胸に手を当て、こう言った。

「雄太さんって、本当に聞き上手だよね。あのパーティでも一番話しやすかったのが雄太さんだもん。こんなに聞き上手な男の人、ほかにいない、この人を逃したらダメだって本気で思って、第一希望のところに雄太さんの番号を書いたんだよ」

その瞬間、生きづら会に加入してよかった、心から、もう心底、死にそうなほど強く思った。女性の話を黙って聞く。それすらまともにできなかったかつての自分。そう、生きづら会以前の俺だったら、と雄太は考える。自分のほうがもっとひどいパワハラをされたことがあると猛アピールし、彼女より優位に立とうと必死になっていたはずだ。会話はどちらが上か下かを決めるためのツールではない。生きづら会で学んだことの一つだ。

そして今日、ついに十二月に突入した。いよいよ、そのときが迫りつつあった。クリスマスイブ、すでにデートの約束はとりつけてある。向かう場所は当然、恋人たちの聖地、恵比寿ガーデンプレイス。

そこで男らしく、正々堂々と告白するのだ。最低でも手はつなぎたい。雰囲気次第では唇へのキス、あるいはその先へ……。

その瞬間、世界の全てが変わるだろう。

この一年で、自分は確かに変わった。その成果を試すときがやってきたのだ。

イブ前日の二十三日は第四金曜、年内最後の生きづら会だった。

テーマは「体育の思い出」。これはあみだくじで決まったのではなく、宇奈月温泉で卓球をした際、運動部出身の茜以外の三人が、超がつくほどの運動音痴で学生時代の体育は地獄の時間だったということが判明、ぜひ生きづら会のテーマにしよう、ということになったのだった。

中二の球技大会、ソフトボールの試合前にクラスメイトの男子全員から「お前がいると勝てない、千円やるから仮病使って帰ってくれ」と本気のお願いをされた（雄太）、小五の運動会、クラス対抗大縄跳びで縄にひっかかって記録更新失敗の戦犯となり、その後クラス裁判が開かれ有罪確定、掃除当番二十回の刑が下された（奈月）、バスケットボールのドリブルをやっていたら止まり方がわからず壁に激突して両足骨折した（薫）などなど、枚挙にいとまがないとはまさにこのことだった。茜も泳ぐのだけは苦手だったようで、水泳の授業中、ずっと一人でバタ足の練習をさせられたことが、いまだにトラウマなのだという。

あっという間に二時間が過ぎたが、まだまだ話は尽きず、近いうちに続きをやろうということで会はお開きになった。今までで一番、笑いにあふれた会になった。奈月など、「ほっぺが痛い」と言って泣いていたぐらいだ。

今年最後の締めのデザートは、仲良しの病院事務のおばちゃんがくれた手作りロールケーキ。大盛り上がりだった生きづら会から一転して、薫がケーキをほおばりながらしみじみと語った。

「昔の自分からしたら、考えられないよ。体育のことをこんなふうに笑って話すなんてさ。本当に生き地獄だったから。ボールがうまく転がせないってだけで、なぜあんなにもみじめな気分を味わわなきゃいけなかったんだろう」

本当に本当にその通りだ、と雄太はかみしめるように思う。あの頃の自分。「お前はゴール前でただ立ってろ、ボールに触ったらぶっ殺す」とサッカー部のエースに指をさされて言われたとき。みんなの前でマット運動をやらされ、「これは悪い見本」と体育教師に笑い者にされたとき。死にたい、と本気で、寸分のいつわりもなく思った。こうして笑いながらそれらの思い出を語ることになるなんて、あのときは想像すらできなかった。

いや、話せたことより、聞いてもらえたということのほうが大きい。つらかったね、きつかったね、体育なんてこの世からなくなればいいのにね、と時間差で自分の苦しみを認めてもらえたのだ。

他人に承認してもらうって、やっぱりいいものだな、と思う。けれど、どこか物足りなさを感じている自分にも雄太は気づいていた。本当は男として異性から承認されたいという、切なる願い。それをどうしても捨てきれない。それが叶わなければ、どこまでいっても生きづらさは克服できない気がする。

ふと、床に置いた自分のスマホに目を向ける。紗也乃からＬＩＮＥのメッセージが届いている。

明日、とっても楽しみ。

たったそれだけ。それだけの言葉がこんなにもうれしいなんて。雄太はすぐに「俺もだよ」と短いメッセージを送り返した。最近、恋愛ってこういうことなんだ、とやっとわかったような気がしていた。恋愛とは、好きな女の子の周辺情報を調べて頼まれてもいないプレゼントを贈りつけることでもなければ、長文のＬＩＮＥメッセージを送ることでもなければ、自爆同然の告白をすることでもない。〝好き〟という純粋な気持ちさえあれば、すべてを超越できるとかつての自分は思い込んでいた。自分の〝好き〟が純粋である限り、いつか必ず相手に届いて報われると。たとえ相手を怖がらせてしまうことがあっても、その〝好き〟が純粋である限り、正当化されると。

互いに存在を認め合う、それが恋愛だ。自分の好意を押し付けるだけなら、単なる迷惑行為でしかない。今、やっと本当の意味で理解できた。

生きづら会に入れて本当によかった。生きづら会がなければ、こんな幸せはきっと手に入らなかったのだから。

そして、翌日。雄太は人生ではじめて、女の子との約束があるクリスマスイブを迎えた。

午後五時に恵比寿駅で紗也乃と落ちあい、スカイウォークをてくてく歩いて恵比寿ガーデンプレイスに到着。カップル達がゴミのように集結しているおかげで、はぐれないよう自然と手をつなぎあうことができた。ほとんどの人がマスクを外すかあごまで下げていた。が、紗也乃と雄太は律儀にしっかり正しくつけていた。紗也乃の瞳は美しい水の玉のようにずっとうるんでいて、そして雄太の右手をしっかり握る左手は、あまりにか細くあまりに可憐で、そのまま口の中に入れてしまいたいぐらいだった。すさまじい幸福感に、歩きながら何度か腰を抜かしそうになった。「きれいだね」「ほんとだね」。そんな、なんの意味もなさない会話を交わしながらやがて時刻は午後七時を迎え、シャンパンゴールドに輝く坂道のプロムナードの真ん中で、雄太は彼女に告白した。

「紗也乃さんのことが大好きです。まだ僕はただの清掃員だけど、今後は資格とかとって、まともな仕事につきますので、あの、結婚を前提に付き合ってください」

「はい、よろしくお願いします」

その瞬間。

あまりの嬉しさに、全身が散り散りバラバラに砕け散りそうになった。

雄太は彼女の頰に手を伸ばし、そのピンク色のマスクを下にずらした。そしてゆっくり、顔を近づける。鼻と鼻がふれそうになるまで近づいたとき、自分のマスクがつけっぱなしだったことにはたと気づき、慌てて外した。ふうと息をつき、気を取り直して、その震える唇に、キスをした。

震えているのは、雄太のほうだった。

一、二、三、と心の中でカウントしたあと、チワワのようにガタガタ震えたまま、唇を離して、彼女の顔を覗き見る。

あれ？

と一瞬、思う。

が、すぐに紗也乃はやさしい笑顔になった。

「あの、じゃあ、そろそろご飯いく？　前からいきたがってたイタ……」

「ごめん、わたし、なんだかさっきから寒気がして、熱っぽい気がするの。何かあるといけないから、帰ったほうがいいと思う」

「そそそっか、じゃあ今日は寒いし、もう帰ろうか」

ふざけんなよ、わざわざ予約したのに、という怒りをぐっと押さえつけ、できるかぎり紳士的にふるまいながら、紗也乃の手を握った。彼女はその手を握り返してこなかった。木の棒みたいに、雄太の手の中で硬直していた。きっとまだ、感極まっているのだろう。そう考えることにした。

やがて駅に着いた。なぜかお互い、一言も話さないまま。

週明け、紗也乃は急遽年末年始休暇をくりあげて、故郷の鹿児島に帰省した。以前から体調を崩していた母方の祖母の容態が急変したという。空港まで一緒にいって見送ると雄太は言ったが、朝早いからいい、と断られた。

「多分、いろいろと忙しいはずだから、あんまり連絡できないと思う」

飛行機がたつ直前にかけたLINE電話で、紗也乃はそう言った。

それ以降、以前は一日十回近くやりとりしていたLINEのメッセージが途絶えてしまった。が、もともとLINEは若干面倒くさいと思っていたので、雄太はかえって気が楽だった。もう二人は恋人同士になったのだから、意味のないメッセージのやりとりで関係をつなぎとめようとする必要などないのだ。

大晦日は生きづら会の四人でテレビを見ながらすき焼きを食べ、その後、明治神宮参拝にでかけた。三が日も、茜が持ち込んだ餅つき機で餅をついて食べたり、近所の公園に凧揚げをしにいったりと生きづら会のメンバーで楽しく過ごした。とはいえ、薫の家族は薫以外で妻の実家に帰省し、茜の家族は茜以外でハワイ旅行だそうで、二人は少し寂しそうにしていた。が、それを気遣う余裕もないほど、雄太は浮かれ切っていた。三人にどれだけ煙たがられても、イブの晩のできごとを何度も何度も繰り返し、かつ詳細に話した。話しても話しても足りないのだ。自分の功績を、人生の輝きを、もっと三人に聞かせたかった。

正月休みが終わっても、紗也乃から連絡がなかった。

さすがに心配になり、一月五日の晩、LINE電話をかけたが出なかった。仕方なく、「いつ帰ってくるの？」とメッセージを送った。

返事があったのは、二日後の昼。

家族でいろいろあって、しばらく帰れない。

「いろいろって何？」と即レスした。が、数秒後に送信取り消しをし、「落ち着いたらでいいから連絡もらえるとうれしいな。君も体調気をつけてね。心配だよ。ちゃんと食べてる？」と送りなおした。ついでにクマがぺこぺこしているスタンプも送った。

返事はなかった。

結局、一月の最初の週末も会えないまま過ぎてしまった。雄太はひそかに思い描いていた。次の生きづら会の冒頭で、「ついに素人童貞を脱しました！」と報告することを。クリスマスイブの時点では、年明けから二週間もあれば余裕だろうと思っていた。あるいはもっととんとん拍子にことが運んで、二人の間で同棲の話も出るかもしれない。そうなれば、もしかしてもしかすると、生きづら会卒業宣言まで飛び出してしまうかも。そんな想像をするたび、股のあたりからもぞもぞと心地よい感覚がせりあがってくるのだった。それはまぎれもなく、優越感だった。まさか、俺が一番はじめに生きづらさを克服してしまうなんて。

今の時点では、すべて夢のまた夢。

それでも来月か、せめて再来月までにはなんとか体の関係をもつことだけでも実現させたかった。返事の途絶えた紗也乃とのLINEのトーク画面を見て、雄太は自分に言い聞かせる。きっとうまくいく。だって俺たちは、相思相愛の恋人同士なのだから。

「それでは、本日の生きづら会をはじめます」

いつもの奈月の宣言を、いつもより少し暗い気持ちで、雄太は聞いた。

今年最初の生きづら会。そのテーマは、かつてないほど謎めいていた。

それは「女」。提案者は茜だ。

「この会はさ、別にディスカッションの場じゃなくて、ただ自分の思いを語る場所でしょ?」

そう語りはじめた茜は、強気な口調とはうらはらに、少し緊張しているようにも見えた。彼女が提案したテーマがあみだくじで当たったのは、今回がはじめてだった。

「だからね、わたしは例えば、女性差別やこの国の制度や、あるいはセクハラをはじめとした男性のミソジニー的な行動、言動について、議論したり批判したりしたいわけじゃないの。ただ、なんというか、この会は生きづらさを克服する会で、わたしもわたしなりに生きづらさを抱えてるわけよ、こう見えて。で、その生きづらさとは何かを考えたときに、どうしても『女だから』っていうのがまとわりついてくるような気がして。なんとなくそれを、思いつくまま、語ってみたいと思ったの。思いつくままだから、なんだかとりとめのない話になるかもしれないけど」

本人がそう言ったように、そこから、とりとめもつながりも、とらえどころもない、様々な思いやエピソードが、あちらこちらへ寄り道しながら語り出されていった。いつの頃からか、女として完璧な人生を生きなければならない、と強迫観念のように思い込んでいたこと。アナウンサーを目指したのも、それが一般女性の就く職業の中での最高峰だと信じていたからだということ。世の中のあらゆる男女格差に憤り、社会変革を心から望む一方、女として男から最高の扱いを受けたい、受けねばならない、男からぞんざいに扱われるのは女として何よりも恥ずべきことであるなどと強く感じてしまう矛盾。男と対等な立場で社会を渡り歩くのではなく、女の中で一番の女でありたいという幼稚な願望。

「人がうらやむような華やかな仕事と、裕福で完璧な家族。それがどうしてもほしかった。でも、それに近づけば近づくほど、なんというか、欠乏感というか、自分の知らない誰かには負けてる、もっと上がいるっていう焦りっていうか、恐怖が襲ってきて、それを解消する方法が、他人をジャッジしたり、口に出してマウントとろうとしたりっていうことだった……と思うんだよね。

わたしのずるいところは、こっちが悪者になるようなあからさまな意地悪は、絶対に言わないってところ。家に帰って、ふと思い出してモヤモヤするような、そういうビッツッミョーな表現を使うの。だからみんな、表立ってわたしの悪口は言えないわけ。ただ、わたしに対するうっすらとしたネガティブな感情が、少しずつ、時間をかけて折り重なっていく感じ。

人を見てるとね、わかるの。ああこの人、わたしに対して劣等感を抱きはじめてるなっていうのが。態度や目つきや、いろいろなことで。

そういうのを感じ取ると、わたしはすごく……勝ち誇った気に、なってた。

でも、その勝利感は一瞬で、ぱっと消える。数秒後には、やっぱりほかの誰かのほうがお金いっぱい持ってるんじゃないか、仕事もうまくいってるんじゃないか、旦那さんがすごく優しくて子煩悩なんじゃないかって疑念がわいてきて、そうするとまた、誰かにマウントとりたくなる。

わたしが女じゃなかったら、こんな苦しみは感じないのかなって思うときがあるの。男の人だったら、例えば何か一つでも突出したものがあれば、それでいいじゃない。仕事でも見た目でも趣味でもさ。でも女は、どんなに仕事が成功しても、どんなに美人でも、どんなにウエストが細くても、幸せでなければ意味がない。幸せって堂々と宣言できなければ価値がない。不幸せなのに幸せだって嘘をついても、世間から見透かされる。うん、そう、そうなんだよね。自分に何が足りないっていうより、常に幸せじゃなくちゃいけないっていうプレッシャーが、苦しいのかも」

そこまで言って、茜は黙った。数秒して「あまりにとりとめのない話をしてるね。ごめん」としおらしくつぶやいた。「なんだか、何が言いたいのかよくわからなくなった。話すのって難しいね」

しん、と静まり返る。雄太は三人の顔を順番に見ていった。誰も、話し出そうとする気配がなかった。

「あの、一ついいですか」雄太は思い切って口を開いた。「話を聞いてて、疑問に思ったことがあるんですけど……」

「何?」

「そういう、女性として幸せでなくちゃいけない、男性から大事にされる存在でなくちゃいけないっていうプレッシャーは、あくまで社会とか世の中からくるものなんですか？　それとも、何か個人的な経験とか、家族に何か言われたとか、そういうことが影響しているわけですか？」

そのとき一瞬、茜がハッと何かを思い出したような顔つきになった。しかしすぐに、いつも通りの、少し怒ったような表情に戻る。

「個人的な経験っていうのは、とくにないけどなあ」

「いや、そんなことはないんじゃないですか？」雄太は言った。腕を組み、胸をそらす。そうすると、上手にしゃべれるような気がした。「だって、ひと昔前だったらまだしも、今って多様性って言葉が流行っているように、いろんな考えや価値観が尊重されるようになってますよね。そんな中にあって、いまだに強固で保守的な男らしさ、女らしさにこだわってしまうっていうことは、やっぱり個人的な経験が関係してるんじゃないですか？　親から何か言われたとか……」

語りながら、雄太は気分が高揚してくるのを感じていた。俺は変わったんだ、前の独りよがりで視野の狭い、未熟な自分とは違う。なぜなら少し前の自分なら、茜の話したことのすべてが、本人が半ば自白していたように、単なる勝ち組主婦のマウントトークとしか思えなかったはずだからだ。そんな勝ち組がいくら女の生きづらさを切実に語ったところで、少しも同情できなかったに違いない。とはいえ今も茜の語りが、それほど切実だと実感できてはいなかった。しかし、他人からしたらどんなにゴミみたいな悩みでも、本人にとっては耐え難いつらさである、ということはいくらでもある。これも、生きづら会を通して知ったことだ。

紗也乃がこの場にいれば、どんなにいいだろうと雄太は思った。きっともっと、俺のことを好きになってもらえるはずだから。

「例えば俺の彼女の話なんですけど、えへへへ。いやいや、またのろけ話かよって顔しないでくださいよー。ちゃんとこのテーマに関係ある話しますから。でね、俺の彼女って、見た目はそんな悪くないのに、大学生のとき以来、ずっと彼氏がいなかったらしいんですよ。それはなぜかっていうと、大学生のときの彼氏に、付き合ってすぐに体の関係を持とうとしつこくされたそうで。それ以来、男がみんな体目的に思えて、いわゆる男性不信状態に陥ってしまったというんです。でも実際、この世の男全員が、体目当てで女性に近づくわけじゃない。ちゃんと対話して、相手のことを思いやって、適切なタイミングで距離をつめることができる人もいるはず。そう頭ではわかっていても、いざとなるとどうしても怖くて、なかなか恋愛する気になれなかったと。つまり、ささいなことでも、例えばたった一回の出来事でも、尾をひくってこともあ……」

「わたしとその子は違うけど」

茜が言った。明らかに険のある声と口調だった。

「勝手に、わたしにトラウマがあるような決めつけをするのは、やめてほしい」

「すみません、そうっすよね、ハハ」

雄太は笑いながら後頭部をぺしぺしたたいた。とっさのことだったが、自分では感じよくふるまえたつもりでいた。しかし、背中の全毛穴から汗が噴き出してくる感覚がする。左のふとももに、左の拳をぐっとおしつける。それは、プライドを傷つけられ、誰かを呪い殺したくなっているときの癖だった。

茜はたった今の雄太の話などまるでなかったかのように、ママ友たちとのいざこざ話をしゃべっている。雄太はなんでもないような顔を作ってそれを聞く。正確には、聞いているふりをする。落ち着け、大丈夫、と自分に言い聞かせる。こんなのはたいした問題じゃない。ちょっとした行き違い。他人と対話する以上、こういうことはいくらでもある、受け入れなくちゃいけない。

クソッ。せっかく俺が話していたのに。変わった俺を見てほしかったのに。茜の参考になると思って話してやったのに、そんな否定の仕方あるか？　そもそも人の話を遮っちゃいけないってルールじゃないのか？

不愉快な気分を紛らわそうと、テーブルの下でスマホをこそっと見た。すると、珍しく紗也乃からＬＩＮＥがきていた。「ナイスタイミング！」と思わず弾んだ声を出しそうになった、その刹那――

突然、ごめんなさい。

ずっと連絡しなくて本当にごめんね。本当はずっと前に関東に帰ってきてるし、おばあちゃんも実は元気です。嘘ついてごめんなさい。

雄太さんだから、何もかも隠さず、正直に話すね。

告白されたときは、本当にうれしかった。こんなわたしなんかを好きになってくれて、感謝しかないって本気で思った。だけど、なんか違うって、日に日に思うようになって。多分、キスされたときの感覚が、思ってたのと違ったんだと思う。正直言うとね、キスされたあと、生理的に無理かもって思っちゃったんだ。

付き合うとか、彼氏とか、そういう感じとはやっぱりちょっと違うかも。

本当にごめんなさい。でも、好きになってくれてありがとう。今は感謝の気持ちでいっぱいです。。。。

雄太さんに素敵な出会いがありますように☆

「あ!」と雄太は声をあげた。三人が驚いたようにぱっと自分を見たが、その視線を受け止めることはできなかった。

「そういえば、今日は親友の誕生日で飲みにいく約束してたんだ! ちょっと俺は、今日はここまでってことで。出かけます!」

立ち上がり、階段を駆け上がって自室に入ると、コートを羽織ってスマホと一緒に財布を尻ポケットに突っ込んだ。また階段をどたどたと駆け下り、女の子にダサいと思われないためだけに買ったスタンスミスをはいて、外に飛びだした。
と同時にけつまづいて夜のアスファルト上に無様に転がった。
とっさに伸ばした両の手のひらを擦りむいた。痛みをこらえながら路上に座り込むと、もう一度、紗也乃からのメッセージを読んだ。それから思いついた言葉を、感情に赴くまま打ち込んで送信した。

了解しました。それであれば、今までにあなたのためにつかった分のお金を請求させていただきます。これまで支払った食事代やプレゼント代はあなたと付き合うために支払ったものなので、付き合えないというなら返金を請うのが筋だからです。後ほど計算してお知らせしますが、支払いはＬＩＮＥペイでお願いします。

送信とほぼ同時に既読がつき、その瞬間、しくじったと気づいた。すぐに、
ごめん、間違えチャッタ友達がこういうやばいＬＩＮＥおくる男になるなよーって教えてくれたやつを間違えてコピペしちゃった俺が書いたんじゃないよ汗

このメッセージはなぜかすぐに既読にならなかった。一分待ってもならないので、LINE電話をかけてみた。が、出ない。まだ間に合う。まだワンチャン心変わりある。祈りに似た思いでコール音を聞く。出ない。出ない。一旦あきらめて、ウェブで「LINE　ブロックされているか　確認方法　最新」と検索し、出てきた方法を試してみた。ブロックされていた。

そして、雄太は。

気づいたら、京急川崎駅前に立っていた。

ここから十分ほど歩いた先に、堀之内のソープランド街がある。以前、足しげく通った場所だった。あるいは目をつむって歩いても、たどり着けるかもしれない。周囲の景色は前と比べて随分変わったように見えた。しかし、具体的にどこがどう変わったのか、よくわからなかった。色とりどりのネオンでかがやいているはずの夜の街が、モノクロ写真みたいに感じられる。頭がうまくまわらない。

電車を乗り継ぎ、ここまで約一時間。何も考えない、何も考えないと自分に言い聞かせ続けた。それでも何か考えそうになったら、とにかく今、自分には癒しが必要なんだと自分で自分に言い訳をした。こんな夜はとても一人じゃ過ごせない。裸の女の甘いにおい。すべらかな肌。やわらかくあたたかい中で果てたい。願いはそれだけ。たった一度でいい。明日から何もなかったことにして生きればいい。

しかし、駅前に着いた途端、一歩も歩きたくなくなった。俺はまた、大金を払って女を抱くのだ、という絶望が、突然襲い掛かってきたのだ。

この一年、せっかくソープ断ちを続けていたのに、結局すべて元の木阿弥なのか？ファッションに興味のかけらもないのにシャツだのパンツだのただの布っきれに何万円もつぎ込み、少ない髪を必死で整え、しかも最近はヒゲ脱毛まではじめ、そして出会いの場にいそいそ出かけ、女のつまらないなんの意味もない何の役にもたたないゴミみたいな話を何時間も延々と聞き続けて、それでも愛してもらえなかった。

金を出さなければ、女とセックスできない。

しかし金を出しても、女から愛してはもらえない。

――誰からも愛されない人生を、受け入れて生きていかなきゃいけないの。

ここのところ、たびたび思い返している奈月の言葉。この世界に生きる全員の人間が、恋人に恵まれるわけじゃない。何割かの人間は、誰からも恋愛や性の対象として見られることのないまま死ななければならない。この地球に生きるあらゆる生物のあらゆるオスたちがそう運命づけられている。俺が心を持たないハチかなにかだったらよかった。

そう、雄太はかみしめるように思う。喜んで交尾できないまま死に絶えよう。だけど俺は、繊細で平凡な、一人の心を持った人間の男なんだ。誰かに愛されたいとずっと泣いている。耐えられない。そんなの受け入れられない。あと何十年も、このまま女から一秒たりとも恋愛対象としてみてもらえないなんて、つらすぎる。

もう、どうしたらいいのかわからなかった。本当に子供みたいにその場に大の字になって転げまわりたいぐらいだった。

しかし、そのとき。

あるものが目に飛び込んできて、周囲の景色に突然色がつく。光輝くネオン。酔っぱらってはしゃぐ若者。そして、正面からまっすぐやってくる女の、ピンク色のコート。見覚えがある。確かにある。それに、この寒さにもかかわらず、タイツもはかずむき出しにされた傷だらけの細い脚にも。長すぎる黒髪にも。女は周囲にいる若者たちと同様、マスクをしていなかった。こちらに一歩一歩近づいてくるごとに、その顔がはっきり識別できるようになる。小鹿みたいな目。どんなにみだらなふるまいをしても、顔だけはいつも可憐でかわいらしく、そこが好きだった。

彼女の白いバッグにぶらさがる、ぶりぶりざえもんの人形。それを見つけると同時に、雄太は駆けだした。

「エリナちゃん！」

瞬間、彼女は凍り付いたように立ち止まった。雄太はマスクをずりさげて顔をさらした。数秒の間をおいて、その大きなバンビの目がさらに大きく見開かれる。「あの違う違う！　別に、エリナちゃんを待ち伏せしてたわけじゃないから！」雄太は慌てて言った。「偶然なんだよ。友達と飲んでた帰りでさ」

以前三度、彼女を待ち伏せしたことがある。とくに目的があったわけじゃない。ただ店の外で話したり、励ましたりしたかっただけだ。彼女は雄太とのプレイ後に、仕事がつらくてしかたがない、お金がないとよく愚痴を言っていた。いつも体中傷だらけで、生きることに苦しんでいるようだった。三度とも、彼女は信じられないぐらい愛想よく接してくれた。そして三度目のとき、彼女のほうから「たまには飲まない？」と言ってくれて、二人きりで近所のホルモン焼き屋にいった。そこで、母親が作った借金のために、いやいや体を売っていることを打ち明けられた。翌日、雄太は消費者金融で五十万円借りてきて「このお金は返さなくていいから、だからもう、風俗の仕事はやめなよ」と言って渡した。

そうしたら、恋人になってくれるかもしれないと思ったから。

その後すぐ、エリナは店をやめて消息不明になった。

「だから、その、心配しなくていいよ、ほんと、ほんと、待ち伏せしてたわけじゃないし、ほんと偶然なの。お金返してもらいにきたわけでもないから」雄太は呼吸も忘れたかのように、矢継ぎ早にしゃべった。「あの、お金のことは、ほんとに気にしないで。

で、その……仕事はまだ続けてるの？」

エリナは首を振った。しかし嘘だろうと雄太は思った。よく見ると、以前よりさらに頬がこけ、額とあごには大きな吹き出物がいくつもできている。

「そっかそっか、仕事やめたんだね。やめられてよかったね」

「あの、じゃあ……」

立ち去ろうとするエリナの、折れそうに細い手をつかんでひきとめた。とっさの行動だった。しかし、振り返った彼女の表情に既視感を覚えて、雄太は突然、体が石になったように動けなくなった。

あのときの顔だ。

紗也乃にキスをして、三秒数えたあとに見た顔。今まで何度も何度も見た顔。例えば、十九歳の夏。片思いしていた看護師に、彼女に似合いそうだと思って買ったピンク色のシュシュをプレゼントしたとき。例えば二十三歳の冬。最寄り駅でいつも見かける清楚なOL風の女性と、すれ違うたび目があうことを二週間かけて調査・研究し、相手も絶対にこちらを意識していると確信したあとに勇気を振り絞って「お茶でもしませんか」と声をかけたとき。例えば二十七歳の春。意を決してマッチングアプリに登録し、このレベルだったら俺でも受け入れてくれるだろうと判断して会うことにしたぽっちゃり体型の保育士と、有楽町駅前で初対面したとき。

誰もが、同じ顔をした。「うわっ、キモッ」と今にも言い出しそうな顔。

そして今、目の前にその顔がある。

「あのさ」と雄太は笑いながら言った。「前に、エリナちゃんが言ってたこと、覚えてる？」

エリナは無言で首をふる。

なんで、そんな顔で俺を見るんだよ。

「金渡したとき、今度お礼するねって言ってくれたでしょ？　でも、俺、何にもされてないよね？　せっかくさ、こうして偶然会ったわけだしさ。あの、だって、五十万って大金だよね？　別に友達でも彼氏でもない俺が、ぽんとあげたんだよ。だから、お礼ぐらいしてくれてもいいよね？　あの、だからよければ、これから……えっと……」

「これから、なに？」エリナがか細く弱弱しい声で聞いた。

「えっと、どこか飲みに……」

「飲むだけでいいの？」

「いや！　あのじゃあ、あの、どこか二人きりになれる場所で……」

「そこで何するつもりだよ」

突然、人が変わったような太い声だった。誰か見知らぬ人が会話にわりこんできたのかとすら思った。雄太はとっさに握った手を離した。

「あ、いや……」

「金返す代わりにセックスさせろってことかよ！」

そのヒステリックな怒鳴り声に、周辺を歩く人々が何事かと振り返る。恥ずかしさと屈辱感で、雄太はこの場で立ったまま死にたかった、本気で。

「あ、いや、やっぱいいで……」

「金なんてやるよ！」そう言いながらエリナはバッグから財布を出して投げ捨てた。

「だから頼むからこっちの仕事のことあれこれ二度と言わないでよ！　金払ってセックスしてるくせに！　この蛆虫野郎！」

なぜかエリナはぼろぼろと大粒の涙を流している。そのままうわーんと声をあげて泣き出した。さっさと立ち去ろうとして、雄太はふと足をとめる。もしかして。あるいは。彼女は。本当は。助けを求めているのかもしれない。助けてほしいのに、でも、助けて、と言葉にすることができないのかもしれない。そういうことなのかもしれない。

「あの、エリナちゃん……」

そう言って再び彼女の手を握ろうとした雄太の手を、エリナはぴしゃっと叩きはらい、「いいから死ねよ！」と叫んで、そのまま駅とは真逆の方向へ走り去った。

家に帰りたくなかった。北千住駅に着くとコンビニに寄り、ストロングゼロ500ミリ缶を三本買って、荒川の河川敷に向かった。この寒さの中、さすがに人気はほとんどなかった。

二缶目の途中まで飲んだところで、ふと思いついた。

切ろう、と。

男性器を、と。

それしかもう、マシな人間になる方法はない、と。

立ち上がり、早足で歩きだす。なぜかもう寒さを感じなかった。五感すら麻痺している。やがて家に着くと、玄関に立ち止まったまま考えた。台所の包丁を使うか、あるいは、庭の物置の中にある高枝切ばさみを使うか。押し入れの救急箱になぜか大量保管されているバファリンを全部飲めば、少しは痛さもまぎれるだろう。酒も飲んでいる。

知らぬ間に、泣いていた。泥のように妙にねばついた涙が、頬を濡らしていた。さっきのエリナの叫びが、ずっと耳の奥でリフレインしている。蛆虫。そうだ。俺はデリカシーも思いやりも誠実さもかけらほどもない、欲望にすべてを支配された蛆虫だ。そんなやつに、体を売るのをやめろなんて、死んだって言われたくないに決まっている。ソープ嬢を抱きながらソープをやめろと説教する蛆虫。俺は、それだ。

高枝切ばさみの線は捨てよう。庭に出るのが面倒くさい。包丁一本でいく。

そう決意して、靴を脱いで玄関を上がり、リビングのドアを開ける。しかしそのとき、雄太の決意を妨げる、今夜最大の難敵が現れた。

幽霊だった。

リビングのソファに、見たこともないデブ男の幽霊が座っているのだ。デブ男の幽霊は幽霊らしく、この真冬の深夜、白タンクトップに白ブリーフの格好で、そしてカーテンを開け放った窓のほうをまっすぐ向き、泣いていた。

雄太は気づかれないよう、そうっとドアを閉めようとした。ところが次の瞬間、幽霊がやおら立ち上がってこちらを見た。雄太は驚きと恐怖で完全に体が硬直してしまった。

デブ男の幽霊こと、引きこもりの兄こと、呉田徹は、鼻水をすすりあげながら、「こっちきて」とささやいた。

「なにしてんすか」

おそるおそる、雄太は聞いた。

「君、いつも僕のご飯、作ってくれる人？」

雄太はとっさに「違います」と意味のない嘘をつこうとしたが、思い直し、「そそそ、そうです」と答えた。

「こっちきて、ここ座って」

徹は雄太を手招きした。正直、少し嫌だった。いや、だいぶ嫌だった。が、逆らったら殴られるかもしれないので、しぶしぶ従い、ソファの隣に座った。近づくと妙なにおいがした。するめのにおい。要は、イカ臭い。最悪だ。徹がたまに風呂に入っていることはしっていた。四人全員が外出したのを見計らって入っているようだった。が、その頻度はせいぜい月に一、二度あるかないか。

徹はまた泣き出していた。背中を丸め、声もなく。雄太は仕方なく「どうしたんですか」と尋ねた。

「怖くて」と彼は言った。「春がくるのが怖い」

この春から、彼は引きこもり向けの施設に入所することになっている。本人が自力でよさそうな業者を調べて、自分で申し込んだらしい。いずれは入寮する予定だが、しばらくは通いで慣らすことになっていると奈月が話していた。

それにきっと、と雄太は気づく。母親の体が春まで持たないことも、しっているはずだ。

怖いだろう、と雄太は思った。彼の姿は、自分のもう一つの人生だった。どこかで何かが少しでもずれていれば。中学のとき、もっと質の悪いいじめにあっていれば。高校に入学したとき、クラスメイトに無視されるだけでなく、暴力を振るわれていたら。大学のサークルで女子たちに陰口を言われるだけでなく、「ハゲ」「キモイ」「くそ野郎」と面と向かって言われていたら。

俺も、一歩も部屋を出られなくなっていたかもしれない。世間が怖くて、人間が恐ろしくて。

徹は丸々とした巨体を小さなモグラみたいに震わせていた。雄太はほとんど無意識のうちに、彼の左手に自分の右手を、そっと重ね合わせた。

徹は驚いたようにびくっと肩をおこした。しかしすぐに、大人の指を握りしめる生まれたての赤ん坊みたいに、雄太の手をぎゅっと強く、握り返してきた。

「……しばらく、このままでいい?」

徹が言った。雄太はうなずきもせず、ただ彼と手を握り合って、そこにいた。

不思議な感覚だった。

三十歳を過ぎた大人の男同士、真夜中、無言で手をつないでいる。窓の向こうには、黒い穴のような夜空、星も月もない東京の夜空がある。

徹の手はあたたかかった。彼の手にとりついた分厚い脂肪が、自分の冷え切ってかさついた手を、毛布のように包みこむ。男同士で気持ち悪い、なんてことは思わなかった。ただ、不思議な喜びを感じている自分に雄太は気づき、驚いていた。

自分の体、それが今、他人から必要とされている。俺がずっと待ち望んでいたのは、これじゃないか? 今、俺たちは男でもなければもちろん女でもない、ただの弱い生き物。そう思うと、心地よさが増した。男なんて面倒な着ぐるみは、脱ごうと思えばいつでも脱げる。どうしてそれを着続けることに、いつまでもこだわってしまうのか。きっと、癒されたいから。甘やかされたいから。誰かに、そう女に。けれどこうして徹と手を握り合っていると、男も女も関係ないように思える。そうだ。俺は男でもなく非正規でもなく素人童貞でもなく軽肥満でもない。ただの体。ただの体として今ここにいて、やわらかい手を感じている。

本当はこんなふうに、誰かと関わりあいたかったんだと雄太は気づいた。ただの人間として、誰かと一つになりたい。それには、どうすればいいのだろう。悩み続けるしかないのか？　苦しみ続けるしかないのか？　そうなのかもしれない。悩むのをやめた途端、苦しむことから逃げた途端、また蛆虫人生に戻る。

明日、誰かが俺の恋人になってくれたって、世界は何も変わらない。それをもう認めるしかない。誰かに愛を与えられて男としての自信を得ようとしてはいけない。自力で生きる自信を獲得しなければいけない。そうしなければ他人と本当の意味で愛し合えない。わかっていた。目をそらしていただけだった。

「多分、うまくいかない」涙におぼれかけながら、徹が言う。「死ぬしかないのかな」どういう言葉を返せばいいのか、わからなかった。死ぬしかないのかな。自分もきっと、同じことを思うはずだから。

「またこうして、話を聞いてくれる？」

たいした話もしてないけどな、と雄太は笑いそうになる。でもきっと、今の徹にはこれが精いっぱいなんだろう。

「いつでも聞くよ。苦しくなったり、つらくなったりしたら、いつでも、俺の部屋のドアをノックしてくれていいよ」

「ありがとう」

「また、話をしよう」

徹の手にわずかに力がこもる。雄太は目を閉じる、と同時に、ふかふかの花畑に沈み込むような、心地よい眠りに吸い込まれていく。

体重二百キロ超えのアメリカ人女性にコブラツイストをかけられている。「やめろ！」と叫びながら瞼を開くと、目の前の世界は、朝だった。

リビングのソファに、一人きり。カーテンを開け放した窓から、明けはじめた朝の空が見える。テレビ台の上の目覚まし時計は、午前六時半ちょうど。徹の姿はどこにもない。座ったまま眠りこけたせいで、腰と首がかちこちに固まっていた。

背後でがちゃがちゃ音がしていた。痛む首をさすりながら恐る恐る振り返ると、奈月が台所で何やら大騒ぎしている。

「何してるの？」と声をかけると同時に、奈月が「うわー！」と叫んだ。

「早起きしたからフレンチトースト作ろうと思ったんだけど、なんか、焦げたー！」

ため息をつきながら立ち上がり、着たままだったコートを脱ぐ。「とにかく火をとめて！」と叫びながら台所に駆け寄った。

「なんでそんなもの作ろうとしたんすか」

「いい加減、料理覚えようと思ったの、将来のために」

「花嫁修業？」と聞きながら、コンロの火を止める。パンはほとんど炭化している。

「まさか」と奈月は笑った。「一人で生きていくためにだよ」

「だったら少しずつ、簡単なものから練習してください。ほら、どいてどいて」

雄太は奈月の体を押して台所から追い出した。フレンチトーストを作り直して、奈月と二人で食べながら、誰からも愛されない人生をこれからどう生きていくべきなのか、話し合ってみよう。そんなことを考えつつ、新しいパンをとりだした。

♠

一月二回目の生きづら会は、当初「体育の思い出パート2」を行う予定だったが、急遽内容を変更することになった。奈月がニュース番組のキーワードクイズに応募し、なんと55インチの液晶テレビが当選、それを記念して、映画鑑賞会を開催することにしたのだ。当選がわかったのは去年のことらしいが、つい四日前にテレビが届くまで、ほかの三人には秘密にされていた。

作品はテーマ決めと同様、一人三作品まで希望を出し、あみだくじで決めることになった。未見のものでもいいし、百回見たものでもいいが、ホラーとエロはなるべく避ける、というルールが制定された。

四者四様、なかなか興味深いラインナップが出そろった。奈月は『血と骨』『アウトレイジ』『GONIN』という、なぜだかすべてたけしがらみの三作、奈月らしい謎めいたセレクションだと薫は思った。雄太は『夕陽のガンマン』『フルメタル・ジャケット』『グーニーズ』。最近、近所でやっている太極拳の仲間のおばちゃんたちおすすめの三作品だそうだ。茜は『ドライブ・マイ・カー』『ミナリ』『トップガン マーヴェリック』。ここ数年のアカデミー賞関連作の中から選んだという。これも実に茜らしい。

薫は『ショーシャンクの空に』『うる星やつら2 ビューティフル・ドリーマー』『ユージュアル・サスペクツ』を選んだ。三日間、悩みに悩んだが、結局はこれらの生涯ベスト3でいくことに決めた。

そして、厳正なるあみだくじの結果、上映作品は『ショーシャンクの空に』に決定した。

当日、午後九時半過ぎ。二人の子供と食事に出かけていた茜がようやく帰ってきて、鑑賞会がはじまった。飲み物はレモンジンジャーティー。途中、トイレ休憩をはさみ、見終わったのは深夜〇時ちょうどだった。

恒例の夜のデザートは、雄太手製の〝信玄餅もどき〟。それに合わせて、飲み物もあたたかいそば茶に変わった。

薫がこの映画を見たのは、今回でおそらく三十回は超えた。しかし、得られる感動は一ミリも目減りせず、とにかく胸がいっぱいで、信玄餅もどきが口に入らないほどだった。

「いい映画でしたね」と雄太が言った。「俺の親友もこの映画が一番好きだって言ってたんですよ。見てみたら本当にいい映画だった。奈月さん、途中泣いてなかった?」

「いや、別に泣いてない」奈月はきっぱりと言った。「けど、面白かったよ。どんな環境に陥っても希望を失っちゃいけないっていうのは、わたしの人生のテーマでもある気がするから、見てよかった。とにかく『GONIN』にならなくてよかった。『血と骨』はもっとダメだったかもしれない」

「茜さんはどうでした?」雄太が聞いた。「この映画、リアルタイムで見たんですよね?」

「そうそう。そのとき付き合ってた彼氏と。彼、東大でフランス文学を専攻しててね、外国の映画とか音楽とか、世界中のあらゆるカルチャーに精通してる人だったの。当時、まわりの女友達は、それこそジャニーズやらディズニーやらに夢中になってたけど、わたしは彼のおかげで……こんな話、どうでもいいや」そう言って、茜は顔の前で煙たげに手を振る。「正直ね、当時はこの映画、あんまり印象に残らなかった。ていうより、映画を見てる最中も、彼がわたしのことをどう思ってるか、そればっかり気にしてたわけよ。だから見た後、彼に感想を聞かれても、あんまりちゃんとしたこと言えなかった。振られたのもそのせいかしら？」

遠い目をしている茜に、薫は「で、今回改めて見てみて、どう思ったの？」と尋ねた。

「うーん、そうね。確かにいい映画よね。多くの男の人がこの映画を好きっていう理由が、よくわかったわ」

「なんでですか？　男の人ばっかり出てくるからですか？」と奈月が聞いた。

「それもあるかもしれないけど、なんていうの？　不当に虐げられている俺が、俺なりの特殊能力を駆使して敵に一泡吹かせる話、として見たら、アクション映画とかと構造は同じじゃない？」

「なるほど」と薫は答えつつも、内心むっとしていた。単なる復讐劇としてこの映画を見るべきではない、と思っているからだ。

「でもそれよりも、わたしが気になったのは」と茜は話を続ける。「この主人公がさ、脱獄前に過去を反省するシーンあるでしょ？　モーガン・フリーマンと二人で。奥さんを愛してたのに、その表現方法がわからなかった。だから奥さんは夫婦生活がつまらなくなって浮気して、挙句殺されることになったから、奥さんを直接殺したのは自分じゃないけど、自分のせいみたいなものだって。一見まともなこと言ってるようだけどさ、この男、奥さんのことを『彼女は美しかった』としか言わないわけよ。美しかった、だから愛してた。奥さんが死んでなお、それだけ？　外見だけ？　刑務所仲間たちの人生や内面については、いろいろ語れるのにさ。奥さんも草葉の陰でがっかりしてるでしょうよ。『そこそこ！　あんたのそういうところやで！』って言ってると思う」

茜のトークはとまらなかった。話すうちにどんどん主人公・アンディへの不満がふくらんでいくようだった。

「冒頭の裁判のシーン、みんな覚えてる？　あいつ、奥さんの前ではいつも文句をブツブツ言ってる陰気な男で、だから浮気されて離婚つきつけられたのに、『離婚するぐらいなら死ぬ』って暴れて、挙句奥さんの愛人の家に拳銃もって押し掛けたって検事に詰められてる。奥さんからしたら、意味わかんなくない？　まともに愛情を示してくれないのに、別れるって言った途端、ブチ切れて暴れるってさ。自分の思い通りにいかないから、怒ってるだけじゃん。なんか結局、この映画を好きな男の人って、こういう男の不器用さ？　そういうところにも共感してるのかなと思うと、うんざりした気持ちになるよ。生きる希望がどうとか、そういうことじゃないよ。一番身近にいる家族を、妻を、人間扱いする。そういうことを、この男は刑務所で学ぶべきだったんだよ！」

そう言って、茜はバンとテーブルをたたいた。「……ごめん、少し熱くなっちゃったわ」

時間がすでに深夜一時を過ぎていたこともあり、その後すぐに会はお開きになった。薫は昼に長く仮眠をとりすぎたせいで眠れる気がしなかったので、全員が寝静まった深夜三時過ぎ、散歩に出かけた。

外に出た途端、あまりの寒さに「ここはロシアか」と独り言をつぶやいた。ばかばかしさに一人でふふっと笑う。

医師時代から生活は不規則なので、こうして深夜の散歩をすることはよくあった。冬の深夜が最も暗く、さみしく、しかしいつも楽しい散歩になる、なぜか。

空は晴れ、珍しく星がいくつか瞬いていた。九時前に見えていたピカピカの三日月は、とっくの昔に姿を消した。

時間が止まってしまったような街をとぼとぼ歩いているうちに、荒川の河川敷までやってきた。夏の間はこの時間でもちらほら人を見かけたが、さすがにこの寒さの中、出歩いている人はほかにいない。少し先にある千住新橋に等間隔に並ぶ明かりが、別の世界の人々の営みのように見えた。もうあっちの世界に戻れない、とふいに思う。それでも別に、かまわないような気もする。

別世界の明かりに向かって歩みを進めつつ、今夜の生きづら会のことを薫は思い返す。

まさに想定外の結末だった。薫の予想では、全員があの映画の名作ぶりに感動してむせび泣いてしまうはずだった。しかし、茜の言葉。あの映画を三十回は見ているのに、まったく意識したことのない視点だった。刑務所仲間の人生や、彼らの夢や内面のことは雄弁に語れるのに、妻のこととなると外見しか評価しない。少し前の自分なら、この女は何をくだらないことを言っているのだと、腹の中で笑っていただろう。この映画の本質を何もわかっていない、と。

妻をないがしろにすることが、男の人生の本質だと思っていたのかもしれない。今でも、俺は心のどこかでそう思っているのだろうか、と薫は考える。人間、そんなに簡単には変われない。

千住新橋《せんじゅしんばし》のたもとについた。

別世界の光にしか見えなかったものは、ここまで近づくと、ただの近所の一風景でしかない。薫は道を引き返した。なぜか行きより肌寒く感じて、早足になった。

奈月の家に帰ってくるころには四時を過ぎていた。世界はまだ夜。冬のいいところだ。玄関ドアを開けた瞬間、薫はびっくり仰天して「うわあああ」と絶叫する羽目になった。茜が目の前の階段にまるで座敷わらしのようにじっと座り、こちらを見ていたのだ。

「今ので近所の人、何人か起きただろうね」茜が無表情のまま言った。

「何してるの」

「最近、眠れないの、家でも、ここでも」

家というのは、今年に入って住みはじめた浅草の2LDKの部屋だろう。元夫が投資目的で所有していた部屋をそのまま譲り受けたらしい。その部屋でパン作りの動画を作成してユーチューブで公開するようになり、はやくも収益が出ているというから、なんともたくましいやつだと薫は思う。

しかし、眠れないのか。

「薬飲んだら？ 市販のでもいいから。処方箋、書いてあげられないのが申し訳ないけど」

茜は子供みたいに膝を抱え込んで、首を振る。「もう飲んだ。そんなことより、わたし、薫さんに言わなきゃいけないことがある」

「なんだよ」と答えつつ、すでに嫌な予感を覚えて、薫は右の拳をぎゅっと握る。茜がわざわざ二人きりのときを見計らって話しかけてきたということは、あいつについての話しかない。

「嫁さんのこと？」薫が尋ねると、茜はこくりとうなずいた。

「今日子の、借金のこと」

次の瞬間、リビングのテレビ台の上に置いてある古い目覚まし時計が、なぜか突然ジリリリリリと鳴りだした。驚いた茜が「うわあああああっ」と近所どころか足立区全域に響き渡りそうな叫び声をあげながら、階段を転げ落ちてきた。

妻は茜が告げ口したことが気に入らないらしく、電話の向こうでムフー、ムフーと鼻息を鳴らしている。

「このまま黙っておくわけにはいかないって彼女は判断したんだ。むしろ、感謝するべきだと思うぞ」

薫はそう言ったが、妻は納得せず、「わたしはあの子のいろんな秘密を、誰にも言わずにいてあげてるのに」とぶつぶつ言い続けている。

妻が薫の父、彼女にとっての義父から借りている金の額は、本人の申告が正しければ約三百万円。二人の娘の学費や習い事費に充てたのだという。

「貯金はそれなりにあったはずだろ。なんで借りる必要があるんだ?」

「中一と中二の女の子を二人とも私立に入れてると、それなりにかかるんだよ」妻は言った。「学校のお金だけじゃなくて、塾もいかせなくちゃいけないし、それに洋服とかいろいろ、周りにあわせなきゃいけないし。みすぼらしい格好してたらいじめられるでしょ。それに何より、愛奈のフィギュアスケートにすごくお金がかかる。貯金なんてあっという間。それなのに、パパは月に十五万ぐらいしか入れてくれない」

「足りないならまず言えよ」

「何回も言ったけど」

確かに、何度も金の無心をするショートメールが送られてきた。真剣にとりあわなかったのは薫のほうだった。今の今まで、娘たちの教育費にいくらかかっているのかなんて、気にも留めたことがなかった。金は渡しているのだし、あとは妻がどうにかしてくれるだろうと考えていた。いや、するべきだと、考えていたのだ。

「でも別に、お義父さんに貸してくださいってわたしが頼んだわけじゃない。今のままじゃスケートやめてもらうしかないって愛奈に言ったら、あの子が勝手におじいちゃんに相談したの。そしたら、三百万、ぽんと貸してくれた」

「全部使ったのか」

「使い切ったことが問題なんじゃない」妻は憮然とした口調で言う。「今になって、利子をつけて全額返せって言ってきてる。あと、今後も一切援助しないって」

「なんだそれ」

「理沙が、高専にいきたいって言いだして。お義父さんはそれが気に入らないみたい。医学部か、そうでなければ名門の女子大にいくか、進路はそのどちらかしか許さないんだって。このまま高専目指すなら、借金は取り立て業者に委託するって……。わたし、よくわかんないんだけど、それって結構マズい事態なんだよね?」

怒りで後頭部がカッと熱くなる。父は昔から、親戚や知人によく金を貸していた。その目的は、人間関係のイニシアチブを握り、暴君のようにふるまうこと。債権譲渡をちらつかせて脅すのも常套手段だった。

大抵は、菓子折り持参で土下座でもすれば、満足げな顔で許していた。そして債務者が帰ったあとは、何十分でも何時間でも、借金する人間がどれほど卑しく品性下劣か、そして身銭を切って援助してやる自分はどれほど寛大ですばらしい人格者か、薫の前でとうとうと語っていたものだ。

もしかするとあの父は、俺にもそれを求めているのだろうか――菓子折り持参で土下座。後頭部から火が燃えあがりそうになる。あるいは、それが親子和解の唯一の方法とでも思っているのかもしれない。

「もし、パパが、何かわたしたちのためにやってくれるつもりなら」妻は言った。「お義父さんのことをどうにかするか、理沙を説得してよ。女の子が高専なんかにいってもいいことないんだから、医学部が無理なら、女子大にいってくれって」

「考えとく。もう、仕事に戻らなきゃ」

「ひさびさに電話してきたのに、わたしのことは何にも聞かないの?」

妻はそう言った後、薫が何か答える前に、「まあいいけどさ」とつぶやいて電話を切った。

ロッカールームを出て売り場に戻る頃には、父への怒りは自然と静まっていた。冷え切った店内の空気のせいかもしれない。スーパーのいいところの一つだ。常に涼しいので、嫌な客に因縁をつけられたり、生意気な年下バイトに面倒な仕事を押し付けられたりしてカッときても、すぐに頭を冷やせる。

野菜売り場でトマトを並べながら、長女のことを考える。

小さなときから社交的で華やかなものが好きな次女の愛奈は明らかに妻似、内向的で理路整然としたものを好む長女の理沙は、間違いなく自分似だった。長女がはじめてみずから「いきたい」と口にした場所は、ディズニーランドでもサンリオピューロランドでもなく、秋葉原だった。PCを自作するための材料を買いたいという理由だった。確か、小学二年か三年の頃のことだ。それまで、何かをねだるということすら一度もなく、夫婦二人でびっくりしたのを覚えている。妻は「もっと女の子らしい趣味を持ってよ」などと言っていたが、薫は休日、長女と二人で秋葉原の電気街に出向いて材料を買い集め、それからPCを自作するのをちょくちょく手伝ってやった。あれが親らしいことをしてやった、唯一のことかもしれない。

親の指示には何でも従うのが、長女だった。目覚まし時計を解体するのをやめなさい。PCをさわるのは一日三時間までにしなさい。妻の代わりに何度かそう言いつけた。破られることはなかった。くだらない女児向けおもちゃを買ってもらえるまで、床の上で何時間でもねずみ花火みたいに回転しつづけられる妹とは大違いだった。

高専になんていくのはやめなさい。そう言えば、長女は折れるだろうか。そのほうが本人のためになる、というのは半分詭弁だが半分事実だ。女子大はともかく、医学部にすすんだほうがずっといいキャリアを築けるのは、間違いないのだから。優秀な彼女なら東大だって夢じゃない、と考えるのは、さすがに親ばかすぎるだろうか。

しかし、高専進学を反対する真の理由は別のところにある。父親の前で土下座をしたくない。本音はそれだった。

自分をごまかすことはもうできない、と薫は思う。自分のちっぽけなプライドのために、娘の進路を変えさせるのか、俺は。

そのとき、ぽろんとトマトが一つ、床に落ちた。考えごとに熱中しすぎたようだ。次の瞬間、目の前にいた大学生風の若い男が、驚いたことにそれを蹴飛ばしてこちらによこした。薫は「すみません」と謝ってトマトを拾い上げる。すぐ横にあるショーケースの冷気が、薫の後頭部を素早く冷やす。

「そんなのダメに決まってるじゃない！」

その晩、雄太と茜の二人と、珍しく同じタイミングでの夕食になった。相変わらず普段は全員バラバラだった。

「だってそれって、妹のためにお姉ちゃんは進路をあきらめなさいってことでしょ？」茜が言う。「一生、遺恨が残るわね、それ」

「俺も同感すね」雄太が言った。「俺だったら、家族全員のことが大嫌いになりますね」

今日の献立はカキフライ、ポテトサラダ、きんぴらごぼう、だいこんの味噌汁、白飯。カキは清掃仲間のおばちゃんに、きんぴらごぼうは近所の太極拳仲間のおばちゃんにもらったそうだ。ここのところ、毎日のようにもらいものの食材が食卓に並ぶ。雄太は相変わらず恋人作りに苦戦しているようだが、おばちゃんキラーぶりには磨きがかかりまくっているらしい。

「第一、女の子だから高専いっても意味がないって発想、あまりにも古すぎませんか？」雄太が言った。「今、理系の女子って、最も就職有利だって言われてるんですよ。とくに工学とか理工系。女子の高専卒なんて超絶売り手市場ですよ」

「わたしは理沙ちゃん見てると、気の毒になっちゃう」茜がカキフライにタルタルソースを親の仇のごとくかけながら言う。「親への反抗で高専にいきたいなんて言ってるんだって、今日子は思ってるみたいだけど、わたしは違うってしってる。理沙ちゃんは自分の性格とか能力を客観的に見極めて、高専にいくって判断したんだよ。医学部にいって周りとしのぎを削り合うのは向いてない。それよりも、自分が本当に興味のある分野をのびのび学んで、将来は技術者か研究者として地道に働くのが向いてるって思ったんだって」

「なんで！」と薫は驚いて声をあげた。「なんで、茜ちゃんがそこまでしってるの！」

「理沙ちゃん本人から聞いたから」

ガーンと頭の中で音が鳴った。もちろん薫はそんな話は聞いたことがないし、妻も同じだろう。そもそも内向的な理沙が誰かに胸のうちをうちあけるということ自体、信じられなかった。

「ね？」と茜はすべてを見透かしたような顔つきになる。「理沙は何にも言わない子って今日子は言うけど、違うんだよ。家じゃ何にも言えないの。聞いてくれる人がいないから。だって、ママも妹もまるで異星人みたいに価値観が違う。せめてパパが、味方になってくれたらね～」

そう言って、茜は満足げにカキフライをほおばった。そのとき、奈月が自室から出てきてダイニングに現れた。雄太が「奈月さんも食べます－？」と聞いたが、奈月は数秒食卓を見つめて、「いらない」とそっけなく言い、水道水をコップに注ぐと、また自室に戻っていった。

「奈月ちゃん、最近部屋にこもりきりね。何してるの？」

「さあ」と雄太は首をかしげて、きんぴらごぼうをほおばる。「これ、うめえな。今度、作り方聞いてみよう」

薫は箸をおいた。なんとなく、食欲が失せていた。

翌日昼、バイトから帰って寝ているとき、薫は珍しく夢を見た。

実家裏の雑木林で穴掘りをしていると、穴の奥から泥だらけの父が現れ、腕をつかまれ引きずり込まれそうになるという夢だった。悪夢はその日だけでなく、連日続いた。巨大毒キノコを父に無理やり口にねじ込まれる夢。ひまわり畑で娘たちと遊んでいたら、突然すべてのひまわりの花が父の顔面に入れ替わってしまう夢。素っ裸でベッドにしばりつけられている自分の皮膚に、父がカッターで傷をつけ、そこに塩をすりこもうとする夢を見たときは、あまりのおそろしさのせいか目が覚めると涙で頬がぬれていた。

睡眠不足、食欲不振、意欲減退。体重は二キロ落ち、顔が常に泥色をしていた。雄太と奈月が二人でひそひそと「死期が迫ってるんじゃない?」と話しているのを聞いた。スーパーの店長には「金を出してやるから病院にいってくれ」とまで言われてしまった。

菓子折り持参で実家に出向き、父の前で土下座する。たったそれだけで当面の問題は解決する。しかしたったそれだけが嫌でたまらず、連日悪夢まで見てしまうなんて、我ながら情けなくてたまらなかった。父が怖い、というわけではないと自分では思う。昔は本当に怖かったが、今の父は仕事もリタイアしたただの高齢者だ。問題はプライド、自分のちっぽけなプライドを犠牲にするのが嫌だということ。我ながらしょうもないが、嫌なものは嫌だ。そして時間がたてばたつほど、実家に出向くのがますます嫌になり、悪夢の内容も凶悪化していくのだった。

　二月最初の生きづら会は、前回同様、テレビ当選を記念して吉田栄作主演の1991年のドラマ『もう誰も愛さない』全話鑑賞会を行うことになった。なぜこのドラマなのかわからない。薫の関知しないところで決まっていた。開始はいつもよりかなりはやく、夕方四時から。奈月はこの日のために有給をとった。夕食は手抜きしてウーバーイーツでマクドナルド。まるで学生時代に戻ったみたいで薫も久々にわくわくしたが、連日の睡眠不足がたたり、第五話、山口智子がムショ仲間とケンカをして懲罰房に入れられるところで寝落ちした。

「ちょっと、薫さん、起きてよ！」

　茜に体を強くゆすられ目が覚めたとき、画面の中で少女時代の観月ありさが失った記憶を取り戻していた。枕替わりにした座布団に頰を押し付けながら、その小さな顔にぼんやり見とれていると、茜に額をぺちんとたたかれた。

「今日子が、パパが電話に出ないって怒ってる。緊急事態だって」

「えー？」と間抜けな声をもらしながら、頭の横においてあるスマホを見る。着信履歴二十五件。

「めんどくせえな」と思わずつぶやく。緊急事態っつったって、どうせゴキブリが出たとかトイレがつまったとか、その程度だろう。しぶしぶ体を起こし、妻に電話をかけなおした。

ところが出るなり妻は「理沙がっ」と切羽詰まった声で言った。その一瞬で、尻の穴がキューンと縮まり、目が覚め切った。

妻は動揺していて話もまとまりがなかったが、理沙がかすり傷一つ負ってないことがすぐにわかり、ひとまず安心した。とはいえ、万事無事とはとてもいえない。むしろ、かすり傷よりひどい傷を負ったともいえた。

今日の昼、理沙は一人で薫の実家に出向き、薫の父、すなわち自分の祖父に高専にいかせてほしいと直談判したというのだ。父は怒り心頭に発し、理沙に土下座を命じたあげく、最後は塩をまきながら「医学部にいかないなら明日にでも三百万返せ！」と怒鳴り散らして孫を追い返したのだという。理沙は冷たい板の間の上で、十分近く土下座していたそうだ。

電話を切った後も、あまりのことに放心状態から抜け出せなかった。吉田栄作をめぐって小競り合いをしている山口智子と田中美奈子のことなどもう心底どうでもよかった。

父親である自分が悪夢におびえてやせ細っている間に、たった十四歳の少女が勇気をふりしぼって恐ろしいじいさんに会いにいったのだ。男児にしか価値がないと思い込んでいる父は、生まれたときから二人の娘に冷淡で、とくに愛想のない理沙にはつらく当たった。小さな頃は実家のある用賀という地名を聞くだけで、理沙は涙目になっていたほどだった(しかし決して涙をこぼさないところが理沙らしかった)。

どれほど恐ろしかっただろう。自分が情けなくてたまらなかった。

しかし、その晩見た悪夢は、それまでで一番恐ろしいものだった。

父にレイプされる夢だった。

「うわあああ!」と足立区どころか隣の荒川区にまで響きそうな悲鳴をあげながら目を覚ました。大量の脂汗で全身ぬるぬるで、枕カバーからは生ごみのにおいがした。午前五時半。慌てて起き上がり、逃げ出すように外に出た。

荒川の河川敷に着く頃、空は紫色だった。分厚い雲に遮られ、朝はまだ遠い。大きな犬をつれた若い女性が正面からやってきて、薫を見てぎょっとしたように一瞬足をとめ、足早に行き過ぎる。ぼろぼろのスウェットの上下だからだろうかと自分の姿を確かめて、はっとする。左右それぞれ違うスニーカーを履いていた。

千住新橋のたもとに着いた。

相変わらず空は暗い。雨のにおいが鼻をくすぐる。川も河川敷の芝生もすべての景色が灰色に汚れている。「俺は」と薫は口に出してつぶやいた。「俺はなんなんだよ」と。膝に手をつき、肺の中に冷たい冬の空気をいっぱいに吸い込む。

「俺は、なんなんだよー！」

と、吉田栄作のようには、叫べなかった。

周りに人が、何人かいたから。

ほんの2メートル先に、ポメラニアンを連れた小太りの女性、その向こうからはジョギング中のカップルが徐々に近づいてくるし、背後からは別の犬の鳴き声も聞こえる。しかも複数。

だから口の動きだけで、声は出せなかった。余計にフラストレーションがたまるようで、思わず膝に爪を食い込ませた。まったく、俺は本当になんなんだよ。

「……用賀《ようが》、行こう」

周りの誰にも聞かれないよう、最小限に声をしぼってつぶやいた。が、ポメラニアンの女性には聞こえていたようで「え？　何？」とこちらが驚くほど大きな声で聞き返された。

それには答えず、橋に背を向けて、来た道を戻りはじめる。スウェット一枚の体が、寒くて仕方なかった。

しかし、決意はなかなか定まらず、実際に用賀に出向いたのは、それから約二週間後のことだった。

しかも一人でいくのはやはりあまりに恐ろしく、奈月に途中までついてきてもらうことになった。我ながら心底情けなかったが、そうでもしないと永遠にいけない気がした。

菓子折りは北千住駅のデパートで買うことにした。「どうせならあのクソクソじいさんが一番好きじゃなさそうな菓子にしようよ」という奈月のアイディアを採用し（奈月は子供の頃、父から尻百叩きの刑を受けたことがある）、ルミネと丸井を二往復もして、パスタスナックなどという100パーセント間違いなく父がしかめつらしそうな菓子の詰め合わせを買った。

「ボロネーゼ味、ボンゴレ味とかわけわかんなくていいんじゃない？　あ、麻辣花山椒味だって！」

「うはっ。絶対あのじいさん食べらんねえな」

などと二人できゃっきゃと笑いながら詰め合わせの中身を選んでいたら、だいぶ緊張もほどけ、ここ数日、漬物石が三つぐらい乗っかっているようだった体も少し軽くなった。

が、それも用賀駅につくまでの頃のこと。電車を降り、ホームの壁の水色のタイルを見た瞬間、下腹部がぎゅるぎゅると鳴り出した。

駅のトイレにこもること約三十分。ようやく駅の外に出る頃には、空はすっかり夕方色だった。奈月には駅近くのカフェかどこかで待っているように言ったが、結局、家の前までついてきてくれることになった。

「おじさんのクリニックって、どうなったの？」住宅街を二人でとぼとぼ歩きながら、奈月が聞いた。「もうやってないんだよね？」

「とっくに取り壊してこれからアパート建てるらしいよ」薫は答える。『俺が死んでも財産は一切お前には渡さない。遺留分がほしいなら今のうちに調べておけよ』って、いつだったか電話がかかってきて言われたな」

やがて、その建物が見えてきた。記憶にあるより、それは古びていた。三階建てのヘーベルハウス。父は何かと周囲に自宅がヘーベルハウスであることを自慢していた。薫も住んでいた当時はコマーシャルで見るままのピカピカの家で、このあたりでもかなり目立つ建物だったが、知らぬ間に外壁も門も薄汚れて、朽ちはじめている印象がした。

外壁のインターホンの前で、薫はふうと深く息をつく。

「薫兄ちゃん、これ」

奈月が菓子折りと薫のリュックを渡してきた。今の今まで、奈月に全荷物を持たせていたことに気づかなかった。

「やっぱり、菓子折りはいらない」薫は言った。「土下座もしない。普通に話をする」

「うん、それがいいとおも……げえ！」

奈月が妙な声をあげた。その視線をたどると、洗濯ものも何もないがらんとした二階のベランダに、父がまるでガンダムのように立ってこちらを見下ろしていた。

ピンク色のエプロンをつけたお手伝いさんに、一階の和室に通されて約三分。奈月と薫は戸惑いを隠せずにいた。子供のときから使われている一枚板のローテーブルの向こうに座った父は、あきらかにしょぼくれていた。のりのきいたシャツ、ぴしっとセンタープレスの入ったスラックスを身につけ、ひげもそり、歳のわりにふさふさの髪もきちんとなでつけ、外見上はいつもの威厳たっぷりの父だ。

しかし、薫の顔を見ても、怒鳴り声一つあげないのだ。「おお……」とか弱い声を出したきり、一言も発さない。

沈黙のまま、時間が過ぎる。室内はあまり掃除が行き届いていないように思えた。

「あの、母さんは……」と薫は父に尋ねた。別に興味もなかったが、あまりに長い沈黙に耐えきれなかった。

「近所の友達と社交ダンスにいってる」

「しゃ、社交ダンス⁉」と薫は声をあげ、奈月と目を見合わせた。奈月も信じられない、といった顔をしている。母が突然、老後の青春を謳歌しはじめたのか。それについていけず、父はしょぼくれてるのか？　しかし、つい数週間前は、中学生の孫に土下座をさせる普段通りの父だったはずだ。この短期間に一体、何があったのか。

「奈月」と父がふいに声を発した。奈月が「え！　わたし？」と驚いて肩をびくつかせる。

「山本《やまもと》という名前の、大学教授はしってるか？」

「は……？」

「なんだか、社会学だかなんだか、そういうものを研究している……そいつはやっぱり、世間の人々から尊敬されているんだろうか？」

「言ってる意味が……あ！」

奈月が再び大声を出した。それから「待って、やばい、もしかして、いや超待って」などとぶつぶつ言いながら、バッグからスマホを出し、操作しはじめる。

「……あ、これだ。ねえ見て」と奈月は薫の服の袖を引っ張った。「これさ、ちょっと前にツイッターでバズってて、雄太さんが、おもしろいから読んでって教えてくれたの」

それは、ある新聞の人生相談欄をきりとった画像だった。

リタイア後の生活、話し相手がほしい
七十代の男性。仕事をリタイアした途端、友人や家族が離れていきました。

私は若い頃、血のにじむような努力をして医師となり、七十過ぎまで仕事に邁進してきました。結婚もし、一男一女に恵まれ、さらには孫も生まれ、幸せな半生を過ごしてきました。リタイアしたあとは妻と旅行を楽しんだり、友人たちを家に招いて食事をしたりと、これまでできなかったことをしたい、と願ってきました。

ところが去年仕事をリタイアした途端、周りの人々が離れていきました。わたしは幸いにして資産がそれなりにありますので、金銭的に困窮している友人知人がいたら必ず手を差し伸べました。また、事業を起こしたいと弟が言ったらアドバイスをしたり資金提供をしたりと、忙しい日々の中、彼らのためにやれることは精一杯やってきたつもりです。

それにもかかわらず、私が仕事を手放した途端、誰も会いに来ません。一番面倒を見てやっていた末の弟からは「もう説教はたくさんだ」という理由で絶縁をつきつけられ、妻にも「あなたといると病気になる」と言われ、今では食事も寝室も別々です。娘と息子は相変わらず金の無心ばかりしてきます。

結局、自分は周りの人間にとって金づるでしかなかったのか。リタイアした今、ひしひしと感じ、失望しています。今はとにかく、話し相手がいないことがさみしくて仕方ありません。しかしこの年で友達作りなどもできず、ここ一年、ずっと途方にくれています。（東京・K男）

身も蓋もない言い方になりますが、あなたは嫌われ者なのです。おそらくあなたは、肩書上はとても立派な方なのでしょう。医師として成功し、家庭も築き、莫大な財産も蓄えた。それでも人望にだけ恵まれていないのなら、あなたは単純に嫌な人間なのです。

弟さんと奥様の言葉から、これまであなたが周囲にどのような態度をとっていたかが容易に推し量れます。成功者である自分は絶対的に正しいと思い込み、自分の価値観を相手に押し付ける行動をとっていませんでしたか？　金に困窮したり仕事で成果を出せない人は努力しない馬鹿者だと見下し、きつい言葉をかけたりはしませんでしたか？

お金や仕事のリタイアのことは関係ありません。単純に、あなたと一緒にいると不愉快だから、皆、離れていっただけなのです。よかれと思ってやっていたのに、とあなたは思うでしょう。相手にとっては全て、押しつけがましい、余計なお世話だったのかもしれません。

何度でも書きます。あなたは単純に、嫌われ者なのです。成功していようが、金があろうが、嫌な奴であることは、正当化されないのです。

しかし、ここで朗報です。新しい話し相手や友達を見つけることは、決して不可能じゃありません。そのためには、他人と対等な関係性を築く必要があります。仕事で成果をあげていようが、借金があろうが、人は人。自分を人として見ようとしない相手と、友達になりたいと思う人はいないのです。あなたはこのことが理解できますか？（山本森生　大学教授）

「何これ？」隣の奈月に薫はささやいた。

「いやだから、このK男っていうの……」

「まさか」

「事業を起こしたいって言って金借りたのに絶縁した末の弟って、うちのお父さんまんまなんだけど……」

薫は父の顔を見た。父は瞼をしょぼしょぼさせている。こんな顔は見たことない。次の瞬間、薫はほとんど躊躇することなく、聞いていた。

「新聞のお悩み相談のコーナーに投書したの？」

横で奈月が「え？　聞く？」とささやいた。父は無言だった。じっと、手元のほうじ茶を見ている。が、その両耳が、火あぶりにされたように赤く染まっていく。

薫はもう一度、スマホ画面を見る。

今はとにかく、話し相手がいないことがさみしくて仕方ありません。

ふふっと笑いがこみ上げる。さみしいんだ、そうなんだ、と思ったらますます笑えてきた。もしかするとこの人は、ずっとさみしかったのかもしれない。小学生のときの俺をタコ殴りしていたときから。ただ、そのさみしさを伝える方法がわからなかった。あの映画の主人公みたいに。

しかし、俺は囚人仲間じゃない。人間扱いされなかった家族だ。手を差し伸べてなどやるもんか。

「奈月。さっき渡した菓子折り、出して」

戸惑いながらも、奈月が薫の膝に菓子折りをおいた。薫はそれをそっとテーブルの上にのせて父に向けて差し出し、それからテーブルのわきに進み出ると、畳に額をぐっと押し付けて、土下座した。

「今日限りで親子の縁を切っていただいて結構です。そのかわり、借金の返済はもう少し待ってください。必ず、お金はお返ししますから。もう二度と、この家にはきません。あなたが亡くなるときも、顔を見に来ません。今日からあなたはただの債権者、わたしは債務者で、どうぞよろしくお願いします」

父が無言で立ち上がる気配がした。パスタスナックは受け取ってもらえなかった。

フフフフフフと妻はいつまでも笑っていた。

新宿の地下にある喫茶店。いつか茜と一緒に来た店だった。相変わらず薄暗く、そして相変わらず、隣には暗号資産の話をする若者がいる。

あのあと、奈月が雄太に聞かせた話を参考に、今日のトークを組み立ててみた。奈月はいわゆる話を〝盛る〟のが好きで、ささいなことでもおもしろおかしく話そうとする。しかし、盛り込んだおもしろみが過剰すぎて相手を白けさせてしまうのが常だった。薫はその過剰な部分を取り除いて、妻に聞かせた。

「誰の話にも耳を貸さないのに、見ず知らずの大学教授が書いた数行の文章に打ちのめされちゃうんだね」妻が言った。「変なの」

「そういえば、帰り際に奈月が言ったんだよ。その山本という大学教授はとても権威のある方で、海外でも論文を発表してノーベル賞候補ともいわれていますよって。そんなの真っ赤な嘘なんだけど、親父はますます打ちのめされてた。権威に弱いからね。大学教授って肩書きもきいてたんだろうね」

ハハハハハとまた妻は笑う。隣の若者二人組が、迷惑そうな顔でこちらをちらちらと見る。

「お金、いつまでも待ってくれるのかもね」ひとしきり笑った後、妻は言った。「だって、借金なくなったら、もうこっちとのつながり途絶えちゃうんだもんね」

「そうだな」と薫は言った。「まあ、金なんてどうとでもなるよ。だから、理沙にはいきたい進路にすすませてやろう」

「パパが言ってあげたら？」妻は言った。「そのほうがいいと思うけど」

薫は声に出さずにうなずいて、さめたコーヒーをすすった。

店を出たあと、新宿三丁目駅まで妻を送った。地下通路を歩きながら、以前、茜が道に迷った挙句に西新宿にまで行ってしまった話をしたら、また妻は声をあげて笑った。

地下鉄副都心線の改札が見えてきたところで、妻が言った。

「なんでわざわざ会うことにしたの？　電話でもメールでもよかったのに」

「その、パスタスナックがあったから」

妻が提げている紙袋を、薫は指さした。

「ああ、これ。ありがとう。なんだか……」

妻は口ごもる。薫はそのとき、はじめて彼女の髪がショートヘアであることに気づいた。

一時間近く一緒にいて、今の今まで気づかなかった。だからといって、以前はどの程度の長さだったろうかと思い出そうとしてもわからなかった。

「パパ、変わったね。こんなにおしゃべりだったっけ？　びっくりした。茜もやってるなんとか会のおかげ？」

照れくささと申し訳なさで、薫はうつむいた。妻に話せないことを、妻の女友達に話しているというのも、一緒に住めるかも？」

「今のパパなら、一緒に住めるかも？」

「えっ」と薫は小さく声をあげた。「どういう……」

「わかんないけど」と妻はすぐに言った。「なんとなく、今、なんとなく思っただけ」

そのとき、また一つ気づく。妻の右のこめかみに、一円玉サイズのシミ。あんなもの、昔はなかった。

「とにかく、また、会って話せる？」妻は言った。

「うん。あの、今度は……」

「今度は、何？」

「……今度は、もう少し、お互いの話をしよう」

妻は驚いたように、目をわずかに見開いた。それから慌てたように「じゃ」と言い、くるっと背を向けると小走りで去っていく。ふいに思い出す。交際していた頃、デートの終わりはいつも、彼女は走って去っていった。まるで薫から逃げるように。当時も今も、理由はよくわからない。

三月二回目の生きづら会は桜の満開に合わせて日程を数日ずらし、平日の昼間、汐入公園でおこなうことになった。

朝から四人で分担して弁当を仕込んだ。稲荷ずし、から揚げ、卵焼き、ブロッコリー、きんぴらごぼう。デザートには桜餅。ビールはひとり一缶まで。

一応テーマは「体育の思い出パート3」に決まっていたが、ポカポカ陽気のせいか、あるいは桜の薄ピンクの美しさにやられたのか、それとも稲荷ずしにご飯を詰めすぎたのか、食後は全員ビニールシートに寝転がりろくに話もできなかった。茜だけが「生きづら会やらないの？」と怒っていたが、雄太も奈月も、どことなく話しにくいような雰囲気を出している。そしてそれは、薫も同じだった。

二時間ほどそうしてうだうだと過ごし、風が出て気温が下がりはじめたところで、奈月が「帰ろうか」と言った。

「えー」と茜が不満げな声を出した。「全然、話してないじゃない」

薫は体を起こしながら咳ばらいをした。ここで言わないと、家に帰ってもきっと言えない。

「あのさ、みんなに、言わなきゃいけないことがある」

三人の視線が自分に集中する。薫はもう一度、咳ばらいをした。

「実は、そろそろ家に帰ろうと思うんだ。あ、家っていうのは、目黒の、自分の家」

あれから、妻と三度、喫茶店で話をした。前回会ったときに、やり直しをしようと二人で決めた。

「とはいえ、いきなり戻るんじゃなく、週末だけ帰るってところからスタートしてみようかなと。そんなわけで、生きづら会には、月に一回だけの参加にしたいんだ」

しーんと静まり返る。茜がぼそっと「まあ、いずれは家族のもとに戻らなきゃね」とつぶやいた。

「それでも、やっぱりだめだとなったら、無理に一緒にいようとは思わないよ」薫は言った。「家族だから絶対に一緒にいたほうがいいとは限らない。気が合わなきゃ、離れたほうがいいときもあるんだろうね。ただ俺は一度ぐらい、家族ときちんと向き合わなきゃいけないと思うから」

再び静まり返る。しばらく間をおいて「あの、それなら俺も」と雄太が手を挙げた。

「俺も実は、ちょっとこの先、忙しくなりそうで……」

雄太が最近、懇意にしているおばちゃんたちを集めて清掃業の会社を起業しようと計画していることはしっていた。道具を提供してくれるおばちゃんが一人現れたらしい。ただの空想話かと思っていたが、どうやらそれで本腰を入れることにしたようだ。

「あっ」と奈月が声を発する。「実はわたしも……」

「奈月ちゃんまで?」と茜。「もしかして、結婚?」

「まさか」と奈月は笑う。「あの、わたし、デザインの勉強を本気でしてみようと思って。若いときに少しやってたんだけど、看護の勉強と両立できなくてあきらめちゃったの。でも、これからは在宅でできる仕事につきたくて。外に出て人と関わるのはわたしにとってはストレスでしかないから、家で一人で完結できる仕事のほうがいいってやっと気づいたというか。お兄ちゃんが施設から戻ってきたときのためにも、そのほうがいいし」

「なにそれ!」と茜。「暇なのわたしだけー? まあでも、生きづら会、月一に減らしてもいいかもね。なんか最近ネタ切れだし」

「また映画鑑賞会やりましょうよ」奈月が言った。「次は『GONIN』見ましょう」

「やだー」と茜が悲鳴をあげる。「人が一人も死なない映画がいい!」

三人は笑った。それからますます風が強くなる。みんなでいそいそとシートや弁当箱を片付け、公園をあとにした。桜が風に揺さぶられ、花弁が雪のように降り注ぐ。

その晩、茜は市販の睡眠改善薬を大量に服用した。

◆

家に着いてすぐ、茜以外の三人はまるで蜘蛛の子を散らすようにそれぞれの部屋に引っ込んでしまった。一人、玄関にぽつんと取り残される。家族で暮らしていたときと全く同じ現象だ、と思う。休みの日にみんなで楽しく出かけても、家に帰ってくると子供も夫も逃げるように自室に引っ込んでしまう。

「わたしはどこへいってもお邪魔虫～」

誰も見ていないのに、おどけた調子でつぶやいて、ため息をつく。手洗いとうがいを済ませてから、一人分のそば茶をいれてダイニングテーブルのいつもの席に座った。

「あー暇だあ」とわざと大きな声で言ってみる。誰もこない。本当に暇だ。

せっかく一日分のスケジュールをあけたのに。浅草に帰って、動画の撮影でもしようかな、とテーブルに頬杖をついて考える。今年からはじめた動画配信は、思っていたより好調だった。最近はパン作りの動画だけでなく、インテリアやファッションの提案動画も配信するようになった。テーマは「低予算でハイセンスな暮らし」。三十代から四十代の、おしゃれな生活がしたい、あるいはおしゃれな生活をしていると思われたい、という女性が主なターゲット層だ。今のところ、配信は週に一度程度に抑え、収益のことはあまり考えず、のんびりやっていくつもりでいる。結果を求めはじめた途端、目的のすべてが他人を打ち負かすことになる。その先にあるのは何か。また、誰かの大事なものを盗んでしまうのか。

あのときもし、時計を盗まないという道を選べたら。今でも自由が丘で暮らしていたのだろうか。ママ友や女友達にマウントをとり、夫の嘘を見て見ぬふりをしながら、生きづら会にはもちろん参加せず、それは今より幸せだろうか、不幸だろうか。

「どうせどっちも同じだよ～」

また、おどけた口調で言ってみる。誰も聞いていないのに。

そのとき、テーブルの上でスマホがブブッと振動した。今日子からのＬＩＮＥのメッセージだった。


パパ、なんて言ってた？

薫さん、家に戻ることにしたんだね、とついさっき茜からメッセージを送っていた。
茜は五分ほど時間をおいてから、
家に戻ることにした、以外はとくに何も。例の准看護師とのこと、許すことにしたの？
と返信した。すると、すぐにまたメッセージが返ってくる。
まだ気持ちの整理はつかないけど、このまま離婚はなんか違うなと思って。娘たちもいいよって言ってるし。一回やり直してみて、どうするか見極めたい。

茜は、最近の調子はどう？

既読をつけずにそのメッセージを読んだあと、スマホをテーブルにおいて立ち上がった。リビングまで移動して、庭に面した窓を開ける。砂利敷きの小さな庭は雄太による手入れが行き届いている。最近、花の鉢植えがいくつか並ぶようになった。空は熱帯魚の模様みたいな夕焼け。夕暮れの空気は、じゃがいもを煮込んだにおいがする。

今日子とは中二のとき、はじめて同じクラスになった。旧姓が同じ佐藤なので、最初の座席が前後だった。始業式が終わって教室に戻り、担任教師がやってくるまでの少しの空き時間、後ろに座る今日子が前の茜の肩をたたき、「髪の毛きれい、シャンプー何使ってるの？」と声をかけてきた。そう言う今日子の髪が、自分よりずっとまっすぐで、黒く美しいことに茜はすぐに気づいた。だから、すました顔を作って「親戚のおばさんがフランスで買ってきてくれたシャネルのシャンプー」と答えた。今日子はあからさまにムッとした顔になった。

それ以来、ずっと二人は親友同士。なんでも話し、なんでもしっている。今日子は茜に負けず劣らず見栄っ張りで、我が強く、他人を自分より上か下かで判断するところもそっくりだ。だから、一緒にいるとしょっちゅう険悪なムードに包まれる。それでも、深刻な大ゲンカは一度もしたことがないし、二週間以上話をしなかったこともない。

ふいに耐えがたい疲労感に襲われ、リビングのソファに横たわる。そのまま、あっという間にねむりに落ちた。目が覚めると部屋の中は真っ暗で、テレビ台の上の目覚まし時計は、午後七時ちょうどを指していた。

いつもだったら、もっとはやい時間に雄太が食事の支度をしているはずだった。玄関を見に行くと、雄太のスタンスミスがなかった。薫の合皮のダサダサおじさん靴もない。階段下から二階を見上げる。人の気配がまるでない。

そのとき、一階の奥の部屋から誰かが出てくる音がした。奈月だ。リビング側から台所にまわりこむと、奈月は流しで水道水を飲んでいた。

「お茶、淹れようか?」

「いや、いいです」と奈月はそっけなく答え、すぐに自室に戻ろうとする。

「あ、ねえ奈月ちゃん」と呼び止めた。「今日の夕飯ってどうするのかな」

「あー、冷蔵庫に作り置きのおかずがあるって雄太さんが言ってました。今日は太極拳仲間の誕生日パーティだからって。あ、ご飯は冷凍してあるやつでお願いします」

「薫さんもいないみたいだけど」

「今日は大学の先輩だか後輩だかに会う日じゃなかったかな? 新しいバイトの相談だそうです」

「医者の仕事に戻るのかな?」

「スーパーのバイトと二足のわらじでやるって言ってましたよ……じゃあ、わたし、やることあるんで」

「あ、ご飯一緒に……」

奈月の部屋に続くドアが、ぱたんと閉じられる。

冷蔵庫の中を確かめる。ジップロックのコンテナーが数個。れんこんのきんぴらっぽいものと、ナスの煮つけのようなものと、煮込みハンバーグらしきもの。すぐにまた冷蔵庫を閉め、それからスマホでウーバーイーツのアプリをひらき、ほとんど何も考えず近所の寿司店の特上寿司を注文した。

食べた寿司は、全部吐いた。

食べ吐きをしたのは久しぶりだった。最後にしたのは時計を盗む三日前か四日前。要するに明らかによくない兆候なのだが、茜はどうしたらいいのかわからなかった。雄太も薫もまだ帰ってこず、家は相変わらず静まり返っていて、その静けさが神経に障って仕方がなかった。気づくと涙がぽろぽろあふれている。子供みたいに鼻水を出して泣きじゃくりながら、普段やっている通りにリビングのローテーブルを壁に寄せ、押し入れから客用布団を出して敷いた。それから市販の睡眠改善薬を用法通りに飲んで、風呂にも入らず着替えもせず、歯も磨かずに明かりを消し、横になる。

すぐに、うとうとと眠りに誘われる。が、恐ろしい夢に追い返されて、覚醒してしまう。それを何度か繰り返しているうちに、本格的に眠れなくなった。今は何時なのか。枕元においたスマホで確かめようとしたが、表示されている数字がなぜかちっとも頭に入ってこない。カーテンを開け放したままの窓から、黒い空が見える。そこにぽかんと白い穴のような明かりが浮かんでいて、それが月なのか街灯なのか区別がつかなかった。

あの晩は、丸い月が見えた。

ううっ、ううっ、ううっという自分の情けない泣き声だけが部屋に響いていた。耐え切れず起き上がり、寒くもないのに頭から毛布をかぶってソファに座った。誰か助けて、と心の中で叫ぶ。誰か帰ってきて。もう限界。生きていたくない。つらくてつらくて仕方がない。……大丈夫、耐えよう。これまで何度も一人で乗り越えてきた。あと少しで多分、朝。空が明るくなれば、ちょっとずつ楽になる。誰かの支えがなくても、きっと必ず乗り越えられる。これまで何度もそうしてきたんだから。あと少し、あと少し――

キイイイと音がした。ドアが開く音。

顔をあげる。リビングと廊下をつなぐドアのところに、太った男の幽霊がいた。

数秒、あるいは数分。茜はソファの上で毛布をかぶったまま身じろぎもせずにいた。

一方、幽霊のほうも、ドアノブを握った状態で、微動だにしない。

「泣き声が、聞こえたから」

幽霊がふいに言った。白いタンクトップに、下は暗い色のハーフパンツ。雄太が一度姿を見たことがあると言っていたが、そのとき下はブリーフ一枚だったらしい。もしかして、自分のためにあのハーフパンツをはいてきてくれたのだろうか、とどうでもいいことを茜は頭の片隅で考える。

「徹さん？」

徹はこくりとうなずいた。そして言った。「話、する？」

唐突な誘いに、茜は面食らった。が、すぐに、一人ぼっちでいるより百倍よりましだと気づいた。少し左にずれて、彼のためにソファのスペースをあけた。徹はちょこちょこと短い歩幅で近づいてくると、隣に座った。

「どうしてずっと、ひきこもってるの？」

茜は聞いた。徹は首をゆっくりまわしてこちらを向き、茜をじっと見た。それからすぐにまた正面に向き直った。不気味な人形みたいだ、と思った。そして、彼は語りだした。

その語りは、あっけないほど短かった。

青森から転校してきたばかりの小六の春、教室内の勝手がわからず、自分の体操着を誤ってある女子のロッカーに入れてしまった。するとそれに気づいた女子が「臭い！汚い！」と喚いたあげく、教室内で嘔吐した。それ以来、学校にいくのが怖くなって休みがちになり、その後なんとか中学には進学したものの、一年の夏休み明けから、完全な不登校になった。

そのまま気づけば、何十年と時間が過ぎていた。

「もう今は、何が怖かったのか、わからない」徹の声はとぎれとぎれでか細かった。話しにくいようで、何度もつっかえる。

「何が怖くて、家を出られなくなったのか、本当にもう、わからない。ずっと、なんとかしなきゃって思ってたけど、でも、でも、考えると苦しくて、相談できる人もいなくて、どうしたらいいのか、わからなくて。きっかけが、つかめなかったというか。バカみたいでしょ、俺」

茜は無言で首をふった。

「バカなやつって、思うでしょ？　小学生のとき、たった一回、一回だけ、悪口言われただけで」

「そんなこと、思わない」茜はきっぱりと言った。「たった一回でも、忘れられないことってあるよ」

徹は黙り込んだ。何かの小動物みたいに、下唇をぺろぺろなめている。

「わたしね」と茜は暗い夜空を見上げる。

「忘れられないというより、あれは本当にあったことなのか、よくわからないことならある。現実なのか、それともわたしの妄想か、ただの夢なのか、いまだによくわからないの。

中学のときね、バレー部に入ってたんだけど。バレーボールのほうね。踊るほうじゃないやつ。

夏休みの終わり頃、顧問の先生とケンカして、一人だけ遅くまで居残りさせられた日があって。わたし、別に自慢するわけじゃないけど、学校ではわりと目立つタイプだったわけ。だから、顧問のおばさんに目の敵にされてたの。

長い長いお説教が終わって、やっと体育館出たら、外はもう真っ暗。まあるい月が浮かんでた。夜道を一人で歩いたことってその頃はあんまりなくて、だから怖かった。遅くなることはそれまでもあったの。でも、いつもは友達と一緒だったから。

とくに途中、ぼろぼろのトタンの家しかない細い道があって。ほんの数メートルの道なんだけど、すごく怖かった。早足になりながら歩いてるとね、道の向こうから、誰かが自転車で走ってくるのが見えて。

その人、立ちこぎしながらこっちに手を振ってるわけ。『うわ、変質者だ！』って血の気が引いた。そしたら次の瞬間、その変質者が『茜〜』ってわたしの名前を呼んだの。お父さんだった。

わたしの帰りが遅いから、心配して迎えにきてくれたんだって。そんなことってはじめてだったから、うれしいっていうより、なんだか妙な感じがしたんだよね。うちは放任主義だったから。勝手に友達の家に泊まりにいっても何にも言わないし、門限もなかったし、今日に限って、なんでだろうって。

ここから、記憶が飛び飛びなんだけど。

次に覚えてるのは、公園のトイレの前。わたしはそこで、お父さんの自転車のそばに立って、お父さんが用を足すのを待ってた。

実際、どれくらい待ってたんだろう。中から『おーい』ってお父さんの声が聞こえて。それから、しばらくすると今度は、

『いたたたた』

って声がして。うちのお父さん、長年の座り仕事で腰を悪くしてたから、どこか痛めたのかもしれないって心配になって、それで恐る恐る、男子トイレの中に入ってみた。

中は明かりがついてて、それが妙にまぶしかったことと、小さい蛾が飛んでたことを覚えてる。お父さんは……小便器っていうの？　男の人がおしっこするやつ、あれの前に立ってた。ズボンと下着を下ろしたまま。

『ちょっと見てくれ』って言うの。股間のあたりを指さして。『血が出てる、痛い、すごく痛い、どうなってるのか見てくれ』って。

わたしは少し距離をおいて、血が出てないか見ようとしたら、確かに出てた。右の、鼠径部っていうの？　そのあたり。結構な量だった。うちのお父さん、日曜大工が趣味だったから、いつもあちこちケガしててさ。カッターで腕を切ったり、トンカチで爪たたいたり。

『もっと近づいて』ってお父さんが言うの。

嫌だったけど、近づいたよ。『顔を近づけて見て』っていうから、少しかがんで、顔を近づけて、お父さんが指で押さえているあたりを見た。そしたら二センチぐらいの細い傷口から血が出てた。

『バンドエイドいる？』

そう言ってお父さんを見上げたのと、お父さんの両手がわたしの後頭部の髪に触れたのは同時だった。そのままお父さんはその手に力を入れて、わたしの顔を、その部分に押し付けたの。

『消毒のために、なめてくれ』って。

そこから先は、もうわからない。全然覚えてない。自分がどうしたのか。そのあとどうやって帰ったのかもわからない。記憶がない。

お父さんはもう二度と帰り道に迎えにこなかった。それまでと何にも変わらない。前と同じように、テレビを見ながらいろんなことを教えてくれたし、本を貸してくれたし、お母さんが忙しいときはラーメンを作ってくれたし。だんだん記憶があいまいになって。やっぱりただの夢だったのかもしれないって何度も、何度も、何度も思った。

でも、ときどき、あのときの光景が、ものすごくリアルな感じでよみがえってくるの。頭に浮かぶとかじゃなく、体ごと、あの瞬間にタイムスリップしちゃう感じ。はっきりした記憶はないはずなのに、すべてがすごくリアルなの。そうなるたびにわたしは食べたものを吐いて、中学の頃は、毎日のように吐いてた。で、何回目かの食べ吐きのときに、気づいたの。

これからわたしは死ぬほど努力して、完璧な人生を作っていかなきゃいけないって。誰よりも成功して、誰よりも幸せになったら、あのときのことを、帳消しにできる気がしたのかなあ。

アハハハハ。自慢じゃないけど、わたしの人生、結構いいセンまでいってたのよ。自由が丘に家も建てたし、夫は年収四千万だし、わたしはインスタのフォロワー三万人で、子供たちも優秀だし。でも、どうしてなのかな。完璧な人生を手に入れたはずなのにね。もう四十二歳になったのに。たった一回のことなのに。世の中にはもっとひどい目にあってる女の人がたくさんいるでしょ？　その人たちに比べたらわたしなんて、大したことないはずでしょ？ でも、なんでだろう。どうしてお父さんはあんなことをしたのかな？ わたしは何をしたのかな？」

気づくと、なぜか部屋に一人ぼっちだった。一人ぼっちで、ウヒイウヒイと不気味なうめき声をあげながら泣いていた。自分のその声ばかりがやけに大きく聞こえて、気に障る。時間の経過はもう完全にわからなくなっていたが、まだ朝は遠いような気がした。茜は毛布をかぶったままソファから立ち上がり、部屋の隅に置いてあった北千住トートの前に座り込むと、手探りで市販の睡眠改善薬の箱を取り出した。五箱、買いだめしてあり、一箱はすでに開封済だ。残りの四箱をすべて開け、錠剤を一つ一つシートから床の上に押し出していく。用量は一回二錠、一箱あたり十二錠入っていて、開封してある一箱はすでに四錠飲んだので、全部で五十六錠。それらをすべて右の手のひらにあつめて、口に入れ、そのまま台所まで移動し、さっき奈月が使ったまま洗いもせず放ってあったコップに水を注いで、全部一気に飲み込んだ。

それから静かに、布団の中に戻った。

すでに頭が石のように重い。泥の中でもがいているみたいに、無意識と意識が戦い合う。手も足も自由がきかないような感じがして、それが苦しいような心地いいような。溺れるような誰かに抱かれているような感覚の片隅で、かろうじて茜は考える。誰かと人生を語り合って生きづらさを克服しようなんて話は、嘘も嘘、大嘘だ。

タクシーの窓から見える桜は、すっかり葉桜だった。花見をした日からそう何日もたっていないのに、もう何年も前のことのように思えて、ふいに頭痛がする。窓に額をくっつけながら、ぎゅっとまぶたを閉じる。

「大丈夫？」

今日子が問いかけてくる。今朝、今日子が病院に迎えにきてくれたときから、茜は彼女のことをずっと無視していた。元夫にＬＩＮＥで「今日子以外には誰にも来てほしくない」と送っておきながら。

浅草のマンションに着いてすぐ、着替えもせずベッドの中にもぐりこんだ。今日子を追い返す気力も体力も、まったくのゼロだった。

今日子は頼んでもいないのに洗濯をしたり掃除をしたり、しばらくがちゃがちゃと動いていた。うるさくてとても眠れやしないが、文句を言う元気も、やはりない。しばらくして「あわてないあわてない、ひとやすみひとやすみ、いっきゅう～」などと言いながらベッドのそばまでやってくると、床にすわりこんで、「あの日ね、奈月さんが助けてくれたんだよ」と話し出した。

どうやら、自分が搬送されたときの話をしようとしているらしい。聞きたくない。寝返りをうって背をむけた。ところが今日子が「あんたが徹さんの目の前で薬を大量に飲

た。

「急に、何」と起き上がってしまった。

「わ！」と今日子も目を丸くして驚いた。

「徹さんの目の前でって、何？」

「何って、そのままの意味だけど」

……あのとき、一人ぼっちになったと思っていたけれど、それは気のせいで、徹はまだそばにいたということか。要するに、それほど我を失っていたということなのだろう。

どうでもいい。茜はまた枕に頭をつけて、ぎゅっと目をつむる。

「とにかくね、徹さんがびっくりして、奈月さんを呼びに行ったんだって。奈月さんは最初、うちのパパを探したんだけど、家にいなかったみたい。ほーんと、肝心なときにいないんだもん、あの人。

それで、奈月さんはね、救急車を呼んだあと、あんたが散らかした薬の箱とか確認して、急がないとまずいって判断して、あの、雄太さんだっけ？　もう一人、一緒に暮らしてる人、あの人と協力してあんたを手洗いまで運んで、それからお水を飲ませたりして、飲み込んだ薬の大半を吐かせてくれたんだってよ。そのあと、救急車がなかなかこなくて、搬送にも時間がかかったみたい。奈月さんが手際よくやってくれなかったら、もっと危険な状態になってたかもしれなかったんだってよ」

今日子は茜の背中をこんと小突く。

「命の恩人だね」

助けてくれなくてよかったのに、とはさすがに言えなかった。いくらなんでも、そんな言葉はさすがに幼稚すぎる。

「あのときのこと、また、思い出したの?」精いっぱい気をつかってくれているのがわかる、優しい声音だった。「別に話さなくてもいいけど。うちのパパもほかの二人も、何にも聞かないよ」

ふいに、強烈な睡魔が襲ってくる。本当は、手を握ってほしかった。手じゃなくても、どこでもいい、体に触れてほしかった。いっそ気がふれたふりをして、手を握って、髪をなでて、と泣きついてしまおうか。そんなことをぼやぼやと考えているうちに、あっけなく眠りに落ちた。

地獄から使者でもきたのかと思うほどの、しつこいインターホンの音だった。瞼をひらく。外はまだ明るいようだ。今日子の姿はない。重たい体をひきずってベッドを抜けながら、なにやらおかしいと気づく。このマンションはオートロック付きだ。しかし、今鳴っているこの音は、茜の部屋のドア横にあるインターホンの音だった。宅配関係だろうかと思いつつ、恐る恐るドアスコープからのぞくと、雄太が立っていた。

茜はため息をつきながらロックを外し、ドアを開ける。ところが、そこにいるはずの雄太がいない。

ただ目の前にちんまりと、紺色のトートバッグが置かれていた。中をのぞくと、ジップロックのコンテナーが三つと白い紙片。

「ちょっと、はやく！」

外廊下の奥のほうで男の声がした。続いて、階段をかけおりていく複数の足音。少し間をおいて、明らかに奈月の「こ、こけたー！」という叫び声が聞こえた。

「……一体、何なんだ」

独り言をつぶやきながら、トートバッグの中の紙片を取り出した。今日子の汚い字で「カギは我々が預かった。出かけたくなったら連絡すべし」とあった。

ちっと思わず舌打ちをした。プライバシーも何もあったもんじゃない。一方で、もし自分が今日子の立場だったら、いざというときのために同じことをするだろうとも思った。

コンテナーの中身は、鳥むね肉のすっぱ煮と、ブロッコリーとツナのおかかマヨと、具沢山ミネストローネ（蓋に料理名の書かれた付箋が貼られていた）。コンテナーの下には、小分けにされた冷凍ご飯まで入っていた。

食欲はあまりなかったが、その晩、三つのおかずを少量ずつ温めて、ご飯と一緒に食べた。

それからというもの、生きづら会のメンバーに今日子も入れた四人が、毎日せっせとかわりばんこで食べ物を運びにやってきた。だいたいいつも昼前にインターホンが鳴り、ドアを開けると誰もおらず、廊下に食べ物と手紙がおかれている。雄太の作った栄養満点のおかず、奈月オリジナルのしゃびしゃびカレー、薫の勤務先の特盛のり弁。今日子が自宅に茜の子供たちを呼んでみんなで作ったというサンドイッチは、なくなるのがもったいなくて深夜までかけてちまちま食べた。姑手製のあんことこのおはぎが置かれていたときはびっくり仰天した。添えられた手紙には「新しいお嫁さんとお姑さん、うまくいってないらしいよ。人の不幸は蜜の味ウヒヒ」とあり、さすがになんてやつだと思った。

三度目の奈月のカレーは、いつにもましてしゃびしゃびだった。なんとか残さないよう昼と夜にわけて必死で食べながら、ふいに思いついた。

出かけよう、と。すぐに今日子に「そろそろ散歩に出かけたい気がしてきたから、鍵を返して」とLINEを送った。ところが翌日の午後になっても未読スルーのままで、しかもその日は食べ物も届かなかった。仕方なく、冷凍庫に入っていた食パンやうどんなどを食べてしのいだ。

そして、その晩の十時過ぎ。すでに食事だけでなく風呂も済ませてベッドでごろごろしていると、インターホンが鳴った。「こんな時間にきても何にも食べられないよ」などとぶつぶつ言いながら、いつものくせでドアスコープをのぞきもせず（見ても誰もいないから）ドアを開けると、四人が横一列になって立っていた。

「散歩しながら、生きづら会をやろう」

そう言ったのは、今日子だった。

「散歩にはちょうどいい気候だよね」

薫が言い、奈月と雄太がうんうんと同調していたが、茜は無言のまま子供みたいにむくれていた。自分でも幼稚な態度だとわかっていたが、腹立ちがおさまらないのだからしょうがない。

四人を部屋にあげた直後、奈月に言われたのだ。

「茜さん、太ってる！」と。

奈月としては、茜が案外健康そうで、うれしくてついそう言ってしまったらしい。が、それにしたって面と向かって「太ってる」は失礼すぎると思った。生まれてこの方、標準体重どころか美容体重すらオーバーしたことはないのに。

けれど、確かに。

夜の散歩には、ちょうどいい気候だ。

寒くもなく、暑くもなく。頬にあたる風は絹のショールのようにやわらかい肌触りで、すっきりと晴れた夜空には少しかけた月が、ぺっかりと浮かんでいる。

一行はまず隅田川にむかって歩いていった。駅の周辺は週末ということもありがやがやと騒がしかったが、厩橋をわたって隅田川テラスの東岸側までやってくると、だいぶ静かになった。周囲には手をつないで歩く若いカップルが数組、いや若くないカップルも数組いる。

そのまま、隅田川テラス上を永代橋へ向けて歩いていく。右手に広がる東京のきらびやかな夜景に茜が見とれていると、奈月が唐突に宣言した。

「それでは頃合いもいいので、このまま歩きながら生きづら会をはじめます。テーマは『これまでの人生で四番目につらかったこと』です」

「何それ！」と茜はとっさに口走った。「なんで四番目なの？」

「それはですね」と奈月。「〝理想の結婚相手の条件を上から順に四つあげなさい〟っていう心理テストしってます？　実は四番目にあげた条件が、あなたの最もゆずれない条件です、みたいなやつです。その要領で、四番目につらかったこととして思いついたエピソードが、案外生きづらさにかかわる重要な何かかもしれないなってことで、わたしが提案したテーマなんですけど」

茜は口をつぐんでいた。一番目だろうと、十番目だろうと、もう絶対何も話したくなかった。

その茜の思いを見透かしたように、薫が言う。「何も話したくないなら、聞いてるだけでいいよ」

はじめに語ったのは、奈月だった。

「人生で一番つらかったことは、やっぱりお兄ちゃんが施設からぼろぼろの姿で帰ってきたときで。二番目はこの間、母が亡くなったこと、としておきます。一応。三番目は、看護大のときに片思いしてたバイト先の先輩に告白されてOKしたら、罰ゲームだって言われたこと。

その次……と考えたとき、すぐにある人の顔が思い浮かんだの。今の今まで、すっかり忘れてた顔だった」

それは二十代の半ば、精神科に勤務していたときのことだという。入院患者にありさという名の女子中学生がいた。彼女は身長百六十センチに対し体重三十二キロ、重度の摂食障害患者だった。

「わたしも、食事をうまく食べられないつらさはすごくわかってるつもりだった。だから、特別目をかけてたというか、積極的に声をかけたり、夜中まで話を聞いてあげたり。三カ月ぐらいでひとまず退院ってなって、その子がナースステーションまで挨拶にきたのね。『お世話になりました』って。

わたし、もう感極まっちゃって、泣きそうになりながら『元気になってよかったね』って声かけたの。内心、彼女もわたしには特別な反応をしてくれるんじゃないかって期待してた。そういうの、すごくあこがれてたから。『看護師さん、ありがとう。あなたのおかげで元気になりました』ってやつ。

でもね、無視。もうね、絵に描いたようなガン無視。わたしのほうを決して見ようとしないで、ほかの人のほうを向いて仮面みたいな笑顔でニコニコしてた。あとになって、わたしがやせ型だから、話しかけられるのがいつもつらい、あの人ヤダって彼女が言ってたってしらされて。わたし、これまでの人生で人から無視されたことなんて、もう、何十回、何百回とあるのに、そのときのことは本当に忘れられない。今、思い出しても心臓がぎゅーってなる」

奈月の話が終わる頃には、蔵前橋のあたりにたどり着いていた。橋から川面に向かって、色とりどりのライトのリボンがのびている。

次に語りはじめたのは、雄太だ。

「人生で一番つらかったことも二番目につらかったことも三番目につらかったことも、全部恋愛がらみ。というか失恋話です。詳しい内容はもう何回も何回も何回も何っっっ回も話してるので省きますね。

で、俺も四番目はなんだろう、って考えた瞬間、意外なエピソードが頭に浮かんできたんですよ」

それは、雄太が大学一年のとき。自宅の最寄り駅の改札前で、父親が若い男たちに絡まれているところに出くわしたという。

「肩がぶつかったとか、そんなことだったんじゃないかな、駅や電車でよくあるやつ。父親はもう平謝りで、土下座でもしそうな勢いなわけ。俺はもう、その頃には父親とは口もきかない関係だったし、むしろいい気味ぐらいに思って、一人でさっさと家に帰ったんだけど。それから一時間ぐらいして、父親が本当にいつもどおりの感じで『ただいま』って帰ってきて。母親に『なんでスーツの膝が汚れてるの』って聞かれて、へらへらしながら『駅でこけた』とか言ってた。その晩、わけわからない気持ちで、明け方まで眠れなかった。これはもう、本当に、脳から記憶を消したい感じ」

その話が終わってしばらくは無言で歩き、やがて一行は永代橋《えいたいばし》についた。気づくと一時間以上たっている。茜は運動する習慣を身に着けているので、病み上がりとはいえこの程度のウォーキングはなんでもなかったが、日ごろの運動不足がたたってか、今日子と奈月が疲れた、しんどいとうるさいので、しばらく休憩することにした。

植木の前の段差に、大学生の仲間同士みたいに五人並んでこしかける。美しいブルーのアーチを描く永代橋と、その向こうの摩天楼をながめながら、薫の語りを聞くことになった。

薫にとって、人生で一番つらかったできごと。それは高二のとき、母方の祖父が交通事故による脊椎損傷で亡くなったこと。この話は茜も今日子を通して何度か聞いたことがあった。小学生の頃、勉強漬けの薫を唯一気にかけてくれたのが、この祖父だったのだそうだ。二番目と三番目は仕事がらみの話のため、医師の守秘義務を理由に秘匿された。

「それで四番目。俺もぱっと思いついたことがあって、やっぱり意外なことだった。ズバリ、東大に落ちたこと。東大は親父に無理やり受験させられただけで、俺は患者のために働く医師を目指してるんだから、大学なんてどこでもいいんだって思ってたつもりだった。でも、今考えると、すごくつらかった、というか……なんていうんだろう。もう俺は四十も過ぎて、医師としての経験も積んで、家庭ももって、他人からしたらいわゆる勝ち組の男に見えるのかもしれないけど、自分としては、いつまでも自信が持てない、いまだに自分は一人前の医師にも男にもなれないって感覚があってさ。その原因の一つが、あの受験失敗なんじゃないかって、今更気づいた。実は高校の同窓会に一度もいったことがないんだけど、それも、東大にいったヤツらに会いたくないせいかもしれない。今まで、あんまり考えないようにしてたこと……まさに臭いものにふたをするみたいに」

薫の話が終わったあと、小腹がすいたからと、雄太と奈月が永代橋を渡った先にあるコンビニであれこれ買ってきてくれた。今日子がビールを飲みたがったが、薫が「歩けなくなったら誰がおぶることになると思ってるんだ」と言って飲ませなかった。

「で、自分は話すの？」と納豆巻きをむしゃむしゃ食べながら薫が聞いたとき、自分に言われているのだと茜は思った。が、違った。

「ねえ、そこの、初参加のあなた」

今日子は口いっぱいにサラダ巻きをほおばりながら、「うん、話すよ」ともごもごご答える。中学のときから、口いっぱいに食べ物をつめこむくせがなおらない。喉がつまったのか、ウーロン茶をごくごく飲みながら胸をたたいている。少したって落ち着くと、今日子は語りだした。

「奈月さんからＬＩＮＥで教えてもらって、わたしも考えてきたの。まず人生で一番つらかったことは、夫が不倫したあげく逮捕されたこと」

その瞬間、雄太がぶはっと噴き出した。つられて薫を含むほかの三人も笑ってしまう。

「いやいや、笑いごとじゃないから」と今日子は真剣な顔で言う。「マジで、マジでびっくりしたから。青天の霹靂《へきれき》よ。本当、想像すらしたことなかったんだから」

そりゃそうだろう、と茜もくすくす笑い続けながら思う。「わたしの結婚生活無味無臭」とそれまでの今日子はよく言っていたのだ。

「二番目はね、わたしの親友にかかわる話だから、秘密。三番目は、六歳のとき、実はわたしは双子で、片割れはうまれてすぐに死んでしまったってことをしらされたときかなーって思う。いまだに悲しいってことはないけど、そのときはとっても悲しくて、三日ぐらい、ご飯食べられなかった。

それで、四番目はね。高校生のときにはじめてできた彼氏に、性病うつされたこと」

「え！」と薫が半径十メートル以内にいる人間全員こちらを振り返ったのではと思うほどの大声を出した。茜もびっくりして、数秒、呼吸を忘れた。

もちろん、性病のことをしって驚いたのではない。性病のことを話したことに驚いたのだ。

「茜以外は誰もしらないこと。親もね」と今日子は依然真剣な顔つきで話し続ける。

「その彼のこと、すごく好きだった。六歳上の社会人で、今思うと、いわゆる恋に恋してる状態っていうか。そもそもそいつ、女子高生と付き合うとかもう最悪って感じなんだけど」

それから今日子は、ひとしきりその元彼の悪口を言いつのった。茜にとっては百回以上聞いた話ばかりだった。

「それで、付き合って三カ月ぐらいたった頃のわたしの誕生日にね、わたし、自分から『どこかに泊まりたい』って言ったんだよね。あれが失敗のもとだったよ。連れていかれたのは安いラブホテルでさ。もっといいところ予約しろよーって感じだよ、本当。

で、まあ、そういうことをして、それから数日後、症状が出てきて。勇気を出して婦人科いったら、そこの先生に「高校生の身分でだらしのない女ね」って言われちゃった。そのとき、思ったんだよね。ああ、わたし、底辺の女になったんだなあって。

それ以来、彼氏ができても、簡単には体を許したくないって思うようになった。だからパパと付き合ってたときも、一年以上、手さえつながなかったし。そういう自分を誇りに思ってた感すらある。『今日子はお堅いタイプ』とか『潔癖だよね』とか言われても、全然悪口とは受け取ってなくて、むしろ、ふふん当然でしょ？　みたいに思ってた。

うちのパパは、性的に淡泊なところがいいって思ってたの。今思うと、そう思い込もうとしてただけのような気もする。例えば自分の子供に対して、いつまでも子供でいてほしいばかりに成長を阻害するようなことをする親っているじゃない。あんな感じに近かったんじゃないかな。あなたは淡泊で性的な要素のうすい男性なんだよって、パパに対して、必死に暗示をかけようとしてた気がする、ずっと」

今日子の話が終わったあと、全員黙り込んでしまった。薫がどう考えているのかがわからず、ほかの四人は戸惑いながら様子を探っていた。それからしばらくして、誰からともなくその場から立ち上がり、来た道を戻りはじめた。無言のままで。

歩き出して十分ほどして、ふいに薫が口を開いた。

「で、話してみて、どう思った？　初参加のあなた」

「へえ？」と今日子は間抜けな声をあげる。「どう思ったって？」

「いやだから、君は生きづら会に初参加でしょ？　話してみて、どう？」

「わかんない、パパはどう思ったの？」

「いや。俺も昔、風俗嬢に淋病うつされたことを思い出した」

「えええええ！」と今度はもしかすると、半径三十メートル以内の人々にも届いたのではないか。それほどの今日子の絶叫だった。

「聞いてない！　いつよ？」

「えーっと、大学一年のとき。君に出会う前だよ。風俗っていうかさ、当時横浜にあったちょんの間っていうやつ。先輩に無理やりつれていかれて」

「それって違法なやつでしょ？」

「そうそう。相手はずいぶん年上で、いかにも病気もってそうだなって思ったんだよ。そしたら案の定うつされて。嫌だったなあ。あれ以来、年上の女性って苦手なんだよあ」

「えー、信じられない」

奈月と雄太が顔を見合わせている。両親のケンカに戸惑う子供たちみたいで、茜はおかしくてにやにやしてしまう。

「ちょっと、やだあ」と今日子は依然、取り乱している。「今日イチ驚いた。ちょっと待って、気持ち整理する時間ちょうだい」

「時間なんていくらでもあるから、好きにしたらいいよ」しかし、薫のほうはなぜだか面白そうな顔をしてそう言った。「でも、君も同じ経験をしてたとわかって、俺はほっとしたけどね。話せてよかったし、聞けてよかったよ」

茜は、少し先を歩く今日子の横顔を見た。右頬を膨らませて不満げな顔をしている。が、茜はしっている。その顔は、今日子が内心よろこんでいるときにする照れ隠しの顔だった。

対岸の夜景に目を向ける。光り輝く東京。それぞれのビルの中で過ごすそれぞれの人々のことを想像しながら、息が少しずつ浅くなる。話せてよかったし、聞けてよかったよ。薫の声が耳の奥で再び響く。

生きづら会とはまさに、そういうことのために結成された会なのだろう。誰にも話せなかったことを話して、救われるために。あるいは誰かの話を聞いて、救われるために。けれど、自分は、自分だけは、話したところで何も解決しない。話しても苦痛は少しも軽減されないし、かといって秘密にし続けていても心は一秒も休まらない。

足取りが少しずつ重くなり、気づくとまた、あの晩、北千住の家で薬を大量服用した晩のように、涙がぽろぽろと勝手にこぼれてくる。前を歩く四人は気づいているようだが、こちらを振り返りもせず、黙々と歩き続けていた。しばらくすると、奈月がすぐ横に近づいてきた。はげましの言葉でもかけるつもりかと身構えたが、そうではなく、単に歩き疲れているだけのようで、顔を見ると今にも死にそうな表情をしていた。

永代橋から歩き出して三十分ほどたつ頃には、一番元気そうだった薫にも疲れの色がみえはじめ、行きは夜のピクニック気分だったのが一転、気づくと夜の行軍といった様相を呈していた。今日子がぜえぜえと息をはきながら「北千住まであとどれぐらい？」とつぶやく。雄太が「えーっと、グーグルマップによれば、あと一時間二十三分です」と答えると、今日子と薫と奈月がそろって「ええ……」と悲愴感のにじむ声を出した。

それでも五人は歩き続ける。途中、桜橋を通って西岸側に渡った。

やがて、空が少しずつ明るくなってくる。しかし、それを口にできるほど余裕のある者はいなかった。ついこの間、花見をした汐入公園にようやく到着した頃、日が昇りはじめた。

五人は自然と、歩みを止めた。

東岸の低い建物の向こうから、太陽がじわじわとのぼってくる。朝焼けはまるで夢のような色だった。気づくと今日子がすぐそばにいて、いつまでもめそめそ泣いている茜の肩を抱いてくれている。

「つらい」茜の口から、言葉が自然とぽろんとこぼれた。「くるしい、一生つらい。どうしたら救われるの」

ビル付近の空は薄いオレンジ、そこから少しずつ、魔法のような紫色に変化していく。川面には太陽から光の道がのびている。顔も声も何もかも、涙と鼻水でぐちゃぐちゃだった。

「わからない」と今日子は言った。「ごめんね、わたしにはわからない」

「死にたい」と茜は言った。「生きていたくない、死にたい」

今日子は無言で茜の髪をなでている。奈月と雄太が近づいてきて、それぞれ左右からそっと手を握った。少し前に立つ薫がこちらを振り返って、つぶやいた。

「結局、生きづらさなんてそう簡単に克服できないよな」

そのとき、茜は思いがけない安らぎを感じている自分に気づいて、はっとした。死にたい、自分が話したいことはそれだったのだ。死にたい、それが言えなくて苦しかったのだ。たった四文字の言葉が言えなかった。でも今、言った。そして、生きづら会のメンバーたちは、否定もせず批判もせず、ただ静かに受け入れてくれた。いつもの金曜夜と同じように。

茜は数歩前に出る。そして膝に手をついて、いつかみんなで見たドラマの中の吉田栄作みたいに、朝日に向かって大声で叫んだ。

「死にたい、死にたいよー」

半径五十メートル以内で寝ている人は全員起きただろう。そのぐらいの、我ながらすばらしい叫び声だった。

　さすがに全員限界だったので、そこからタクシーに乗って北千住の家に向かった。帰宅すると、なぜか各自自室に引っ込むこともなく、押し入れから布団や毛布をひっぱりだしてリビングで雑魚寝をしはじめた。

　そして今、今日子のすさまじいいびきだけが室内に響いていた。仰向けになって手を胸の前でクロスしている奈月は死体のようで、うつ伏せの雄太の右の脚は絶えずぴくぴくしている。薫は目を開けて寝ていた。茜は一人、ソファに座ってじっとしていた。

　一時間ぐらいたった頃だろうか。上からどすんどすんと音が聞こえてきた。何事かと身構えていると、リビングのドアがキイイイと開いた。

　徹だった。タンクトップに短パンではなく、上は襟付きのシャツ、下は黒い綿パンをはいている。その姿を見て、「あ」と茜は小さく声を出した。昨晩、雄太が「明日は徹さんの施設通いの初日だから、朝飯用意しなきゃいけない」と言っていたのだ。すっかり忘れていた。

「朝ご飯、食べる？」と茜はおそるおそる聞いた。徹は首を振った。

「自分で用意して、さっき食べた」

　髪のさらさらぶりから見て、風呂にもきちんと入ったようだ。おまけにシャツにはぴしっとアイロンがかけられている。

茜はソファから立ち上がる。「見送ってあげるよ」と言って、玄関に誘導した。

「ねえ、駅まで一緒に行こうか？ いきなり一人で出かけるのって、怖くないの？」

「たまに一人で出かけてたよ」靴をはきながら、徹はちょっと自慢気に言った。「みんながいないときに出かけて、みんなが帰ってくる前には、帰ってきてた」

「そっか」

「この靴も、自分で買ってきたんだ」

見ると、確かにピカピカのスニーカーだった。ブランド不詳で、薫のものと負けず劣らずのダサダサぶりだったが。

「もし、もっとうまく外に出られるようになったら」徹はおそるおそる言う。「生きづら会にまぜてくれる？」

「なんでしってるの」と茜は言いかけて口をつぐんだ。同じ家で暮らしているのだから、しっていても不思議じゃない。

「うまくいってもいかなくても、いつでもいいんだよ」

徹は照れたように笑って玄関ドアを開け、外に出ていく。数秒後、茜は靴下だけのまま後を追った。

「待って、ちょっと」

「うわっ」と徹は大げさに驚いて立ち止まった。「何?」

「もうこれはいらないよ」そう言いながら、茜はそのまるっこい顔をおおっているマスクを外した。

「えっ。出かけるときは忘れないようにしようって、一年前から用意してたのに」

「もうこんなのしなくていいよ。じゃあ、本当にいってらっしゃい」

うん、とうなずいて、徹は背を向け、去っていく。今日という日はとっくにはじまっていて、同じ道を通勤や通学途中の人々が背を丸めながら、駅に向かって歩いている。この家のリビングだけ、時間が止まっているみたいだ。あるいはこれは、夢だろうか。そんなことを考えながら、茜は空に向けて「うーん」と腕を伸ばした。日のひかりがまぶしかった。

本書は書き下ろしです。

双葉文庫

み-31-04

死《し》にたいって誰《だれ》かに話《はな》したかった

2023年1月15日　第1刷発行
2024年3月 5日　第6刷発行

【著者】
南綾子《みなみあやこ》

【発行者】
箕浦克史
【発行所】
株式会社双葉社
〒162-8540 東京都新宿区東五軒町3番28号
［電話］03-5261-4818(営業部)　03-5261-4831(編集部)
www.futabasha.co.jp（双葉社の書籍・コミックが買えます）
【印刷所】
大日本印刷株式会社
【製本所】
大日本印刷株式会社
【カバー印刷】
株式会社久栄社
【DTP】
株式会社ビーワークス
【フォーマット・デザイン】
日下潤一

ISBN978-4-575-52633-2 C0193
Printed in Japan

双葉文庫　好評既刊

タイムスリップしたら、また就職氷河期でした

南綾子

2019年、アラフォー非正規の凛子は人生に絶望していた。就職氷河期世代のための再就職セミナーに向かうと雷が落ち、1999年にタイムスリップしてしまう。就活仲間だった鶴丸とも再会。二度目なら人生をうまくやり直せるかもしれない、と二人は目論むが……。

双葉文庫　好評既刊

珠玉

彩瀬まる

国民的歌姫だった美しい祖母を持つ歩は、経営するファッションブランドの人気が低迷しデザイナーの相棒にも見限られ、最悪の状況に陥る。そんな折、仕事を失いかけているモデルの穣司と出会う。弱さを抱えた者たちが成長する姿を描いた長編。

双葉文庫　好評既刊

乳房のくにで

深沢　潮

21世紀目前シングルマザーの福美は困窮していた。しかし母乳だけはあまるほど出続ける。それに目を付けたある団体に福美は乳母として雇われることに。すると、かつての同級生の政治家一家から指名が入り……。母性を描いたサスペンスフル長編。